KB014739

청소년을 위한

이야기 한국 문학사 1

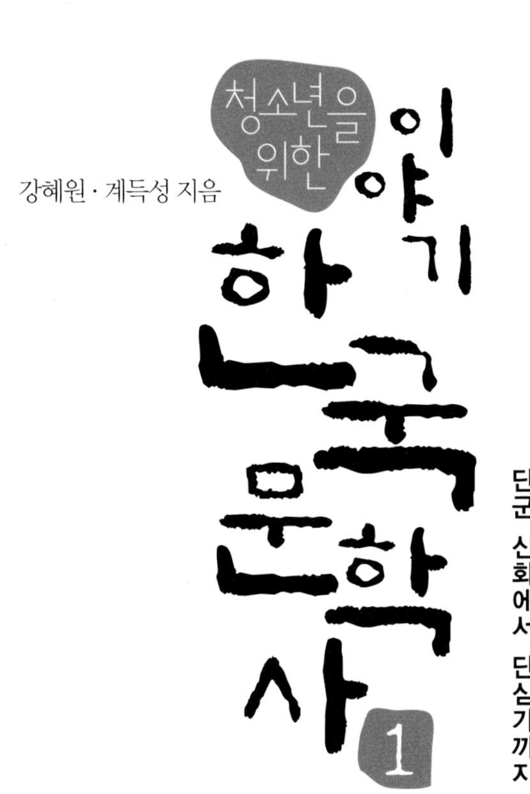

단군 신화에서 단심가까지

Humanist

| 초대하는 글 |

우리의 삶 속에서 살아 움직이는 문학과 역사를 돌아보며

왜 우리는 문학 작품을 읽는 것일까? 지금 시대의 문학뿐 아니라 옛 문학을 읽어야 하는 이유는 무엇이며, 왜 배워야 할까? 우리는 문학 작품에서 어떤 재미를 느낄 수 있으며, 어떤 의미를 얻을 수 있을까?

오랫동안 중고등학교에서 국어와 문학을 가르치면서 이런 물음들을 던져 보았다. 이 물음은 교사인 내가 학생들에게 던지는 물음이었고, 학생들이 내게 묻는 물음이었으며, 나 스스로에게 되묻는 물음이기도 했다. 이런 물음 속에서 우리 문학 작품들을 돌아보고 그 흐름을 짚어 보아야겠다는 생각이 들었다. 우리의 문학이 책 속에 갇힌 글자들이 아니라 삶 속에 살아 움직이는 것이며, 그만큼 진실하고 생동감 넘치며 재미있는 것임을 학생들에게 알려 주고 싶었다. 대학 입시, 성적, 취업 등으로 생명력을 잃고 박제가 된 것 같은 우리의 문학 교실에서 벗어나 재미난 문학 이야기를 들려주고 싶었다.

문학 수업 시간에 재미난 우리 문학 이야기를 역사와 함께 들려주는 일은 쉽지 않았다. 작품을 읽고 분석해서 문제 풀이를 하는 것이 중요하게 여겨지는 분위기 속에서 역사와 문학을 아우르며 작품을 차근차근 읽어 나가는 것은 학생들에게도 교사에게도 버거운 일임에 틀림없었다.

'그래, 우리 문학사를 쓰는 거야. 문학 작품을 통해 옛사람들의 삶을 돌아보고, 우리 역사를 이야기해 보는 거야.'

그러나 막상 우리 문학사를 쓰려고 하니 막막하기만 했다. 우선 문학사를 두루 아우르기엔 나의 배움이 짧았다. 한 작품, 한 분야로 평생을 연구하는 학자가 숱하게 많지 않은가. 이와 더불어 우리 문학사를 짜임새 있게 정리한 책도 그리 많지 않았다. 조동일 선생의 《한국문학통사》를 스승처럼 여기며 우리 문학의 흐름을 더듬어 보았다. 여러 종류의 문학 교과서도 훑어보고 참고서와 인터넷 자료도 뒤져 보았지만 거기에 생생한 삶은 없었고, 청소년들이 재미나게 읽을 수 있는 맛깔스러움은 없었다.

한 작품을, 또는 한 문학 장르를 딱딱하지 않고 재미있게 풀어 줄 수는 없을까? 역시 내 재주가 모자랐다. 나는 학생들의 웃음보따리를 터지게 하는 재미난 선생님이 아니었고, 유머 감각도 부족했다. '이런 이야기를 하면, 이런 이야기와 연결 지으면 학생들이 흥미를 갖겠지?' 하며 맴맴 도는 생각들을 정리하기 위해 몇 달씩 손을 놓은 적도 있다.

물론 힘들기만 한 것은 아니었다. 책을 쓰면서 그냥 지나쳤던 작품들을 다시 읽었고, 작가들의 평전을 뒤적이기도 했다. 작품 속에서 새삼 깊은 감동을 느끼고, 작가들의 삶의 자취를 보며 교훈을 얻었다. 고려 가요를 읽으면서 고려인의 슬픔에 공감하였고, 고전 소설 주인공들이 고통을 이겨 내고 행복을 성취하는 것을 보며 인생에는 이런 역전이 있구나 위안을 받기도 했다. 정약용이나 박지원의 작품 세계에 관해 이야기할 때는 그들이 살던 시대와 그들의 불운, 그들의 빼어난 재주에 대해 깊이깊이 생각해 보기도 했다. 거기에 앎의 기쁨, 깨달음의 기쁨, 공감의 기쁨이 있었다.

우리 문학 작품들을 돌아보며 하나하나의 문학 작품에 인간의 삶이 있으며, 그것은 큰 강줄기를 이루고 있음을 새삼 느낄 수 있었다. 지금의 '나'에 이르기까지 우리의 역사가 있었다는 것, 그리고 그 역사 속에는 수많은 사람의 기쁨과 슬픔, 눈물과 웃음과 한숨이 녹아들어 있다는 것도. 우리 문학을 읽어 보는 것은 곧 우리 삶을 읽는 것이라는 생각도 했다.

〈단군 신화〉를 가르치면서 우스개처럼 떠도는 '오븐에서 구워진 인간'에 대한 이야기를 한 적이 있다. 아이들이 웃으면서 그 이야기를 들었고, 신화 속에서 우리가 발견해야 할 의미를 함께 이야기했다. 왜 그런 건국 신화가 나와야 했는지, 하늘에서 환웅이 내려와 사람이 된 곰과 혼인한 것은 무슨 의미가 있는지, 환웅이 비와 구름과 바람을 거느리고 온 것은 또 무슨 의미인지, 지금 현대를 살아가는 우리에게 그 신화가 어떤 의미인지를 묻고 답하면서 활기찬 문학 시간을 보낼 수 있었다. 이어지는 우리 문학의 발자취를 더듬으면서 재미난 이야기, 그리고 우리 삶과 관련된 사연들을 통해 문학 작품에 한층 다가갔다. 문학 작품이 지닌 깊은 뜻을 더 쉽게 이해하면서 흥미를 느낄 수 있었고, 그런 경험들이 이 책을 만드는 밑거름이 되었다.

이 책은 고대의 문학, 신라 시대의 문학, 고려 시대의 문학, 조선 전기의 문학, 조선 후기의 문학으로 짜여 있다. 문학사를 연구한 분들의 새로운 시대 구분에 대해서도 공감하여 책의 짜임을 다른 방식으로 해 볼까 하는 고민도 했다. 그러나 한 국가의 흥망이 사회와 역사를 반영하는 문학 작품 속에도 녹아 있으리라 생각하여 조금은 낡은 듯 여겨지는 시대 구분으로 책을 정리했다. 작품의 맛을 생생하게 느끼려면 가능한 한 그때 쓰인 말과 글을 사용해야 하지만, 학생들이 외계 언어처럼 느끼는 원문을 그대로 인용하는 것은 오히려 고전 문학에 거리감을 갖게 만드는 일일 듯하여 되도록 현대어 풀이로 정리하였다. 이미 번역되고 현대어로 풀이된 자료들을 많이 참고했음을 밝힌다.

책을 만들기까지 정말 오랜 시간이 걸렸다. 우리 문학의 흐름을 짚어 보는 책을 내 보자고 출판사와 의논하기 시작한 지 10년 가까운 시간이 흘렀다. 나의 게으름과 재주 없음으로, 이런저런 사정으로 책의 완성이 미뤄졌다. 휴머니스트의 여러분이 이 책의 집필 과정에 도움을 주었고, 긴 시간을 기다려 주었다. 그저 고마울 따름이다. 송주현, 김화숙 두 어머니께도 감사드린다. 내가 이룬 것들이 있다면 모두 그분들 덕이다. 아들 환이와 내가 가르친 학생들! 내가 이 책을 쓴 이유였고, 이 책은 그들에게 들려주고 싶은 문학 이야기이다. 나는 학생들에게 내가 준 것에 비해 넘치는 사랑을 받았다.

이 책은 훌륭한 국어 선생님이며 내 삶의 벗인 계득성 선생과 함께 기획하고 구상했다. 아쉽게도 함께하지 못하고 혼자 마무리하게 되었다. 그에게 이 책을 드린다.

인간에게 연민을 갖고 문학과 역사를 돌아보는 이들에게 작은 보탬이라도 되었으면 하는 것이 나의 바람이다. 책의 부족한 점은 앞으로 계속 채워 갈 것이며, 고전 문학에 이어지는 우리 현대 문학의 흐름도 헤아려 보려고 한다. 많은 분의 도움말과 꾸짖음을 바란다.

2012년 봄

강혜원

| 차례 |

고대 둘러보기

둘째 마당

고려 시대 둘러보기

| 들어가기 |

문학과 인간의 삶, 그리고 역사

거지와 대학생의 사랑, 문학이란?

진실한 거짓말

중학생 때였던가. 비가 주룩주룩 내리던 어느 날이었다. 밖은 어둑어둑했고, 우리는 공부하기가 싫었다. 갓 교직에 들어선 여선생님 시간에 아이들은 아우성을 쳤다.

"선생님, 첫사랑 이야기해 주세요."

웬일인지 선생님은 잠시 머리에 손을 얹더니 고개를 끄덕였다. 그냥 공부하자고 하실 줄 알았는데 첫사랑 이야기를 해 주신다니, 기대 이상의 선물에 아이들은 환호했다. 젊고 예쁜 여선생님의 첫사랑은 남다를 것 같았다.

"내가 다니던 대학교 앞에는 육교가 하나 있었거든. 그 육교 위에는 깡통 하나를 놓고 구걸하는 거지가 가끔 모습을 보였어. 낡은 옷을 걸치고 벙거지를 쓰고 있어서 얼굴을 본 적은 없지만, 그 거지에게는 이상한 소문이 따라다녔지. 엄청난 갑부의 아들이지만 아버지의 뜻을 어기고 가난한 여자와 사귀다가 쫓겨났는데 그 여자가 아파서 치료비를 벌다 벌다 결국은 거지가 되어 동냥을 하고 있다는 이야기도 있고, 모든 것을 이루고 얻을 만큼 성공했지만 인생무상을 느껴 거지 노릇을 하고 있다는 이야기도 있었지. 한 선배는 도서관에서 공부하다가 밤에 집에 가고 있는데 마침 그 거지도 일을 마치고 육교를 내려가고 있는 것을 보았대. 그런데 키가 훤칠하게 크고 눈이 빛나는 미남이더라는 거야."

"꺄아악!"

미남이라는 소리에 여학생들이 소리를 질렀다. 미남 거지라! 거지건 뭐건 간에 '미남'이라는 말은 소녀들의 호기심을 자극하기에 충분했다. 선생님의 이야기는 계속되었다.

"이런 비 오는 날이었을 거야. 육교를 건너는데 그 거지가 앉아 있는 거야. 당시 나는 국어국문학과에 갓 입학한 신입생이었지. 가난한 사람에게 연민이 있었고, 가난이 개인의 잘못 때문만은 아니라는 생각도 하고 있었어. 게다가 이런저런 신비로운 소문을 지닌 거지에 대해 동정과 호기심이 동시에 들었지."

선생님은 거지의 깡통에 돈 만 원과 시집 한 권을 넣었다고 했다. 그 순간 거지의 몸이 움찔하면서 푹 숙이고 있던 얼굴을 조금 든 것 같았지만, 얼굴을 볼 수는 없었단다. 며칠이 지나 그 육교를 또 건너게 되었는데, 그 거지는 선생님이 준 시집을 읽고 있었다.

"시집을 읽고 있는 거지의 옆모습을 볼 수 있었어. 물론 거무튀튀하고 구질구질했어. 하지만 맑게 빛나는 눈과 단정한 콧날, 진지하게 다문 입술은 음…… 어디까지나 주관적이겠지만 잘생겼다는 생각도 들었지."

우리는 점점 선생님의 이야기에 빠져들었다. 선생님은 그날도 만 원 한

장과 책 한 권을 깡통에 넣었다고 했다. 그리고 그 순간 고개를 번쩍 든 거지 청년의 날카로우면서도 형형한 눈빛을 마주할 수 있었단다.

며칠 뒤 세 번째로 깡통에 돈을 넣으려는 순간, 거지 청년은 선생님의 손목을 잡고 벌떡 일어섰다. "우아~ 어떡해, 어떡해." 하며 아이들은 발까지 굴렀다.

"소문대로 그는 큰 키의 잘생긴 젊은이였어. 그날은 얼굴도 옷도 깔끔했고. 그는 내 손에 책 한 권을 쥐어 주었어. 《굶주리는 세계》라는 책이었지. 나는 그 사람의 얼굴도 똑바로 보지 못하고 책을 들고는 돌아서 막 뛰었지. 책 속표지에 뭐라 적어 놨더라. '인간에 연민을 느낄 줄 아는 사람. 길거리의 거지 한 사람에게도 아픔을 느낄 줄 아는 사람. 편견 없이 세상을 보는 맑은 눈의 당신과 만나고 싶습니다.'라고."

선생님과 거지 청년은 그 후 자주 만났고, 선생님은 그를 무척 좋아하게 되었다고 했다. 그는 구태여 거지 생활을 할 정도로 가난하진 않았지만, 가난을 이해하고 싶어서 가장 밑바닥 생활을 경험해 보는 듯했다. 거지 청년은 자신이 가진 것을 나누려 하고, 더 배워서 사회에 봉사하려는 사람이었다고.

청년은 얼마 동안의 거지 생활을 청산하고 다시 공부를 시작했다. 그리고 졸업한 뒤 선생님에게 아프리카로 같이 가자고 말했단다. 의료 혜택을 받지 못하는 아프리카에서 슈바이처 박사처럼 봉사하고 싶다고. 하지만 선생님은 따라갈 수가 없었다. 나이 드신 부모님 곁을 훌쩍 떠날 수 없어 그 청년과 헤어지기로 했단다. 그 청년이 떠나던 날은 오늘처럼 주룩주룩 비가 왔다.

몇몇 아이는 한숨을 쉬었고, 어떤 아이는 눈물을 글썽이기까지 했다. 그

때 선생님이 창밖을 바라보며 물었다.

"얘들아, 길거리에서 자동차와 소가 맞닥뜨렸어. 누가 넘어가지?"

"소가 넘어가요."

"그래, 소가 넘어가지? 응, 속아 넘어간 거야."

"아아악!"

아이들은 책상을 치고 난리였다. 순수한 사랑 이야기라 믿었더니 이게 웬 배신이란 말인가? 거짓말할 게 따로 있지. 첫사랑 이야기를 거짓말로 하면 어떻게 해. 그날 아이들의 분노는 하늘을 찔렀다.

"얘들아, 미안해. 그건 내가 다니던 학교에서 학생들 사이에 떠돌던 이야기야."

아이들은 발까지 굴렀다. 선생님이 떠돌던 이야기를 자기 이야기처럼 하다니……!

"하지만 완전 거짓말은 아니란다. 조금은 진실이 담긴 이야기지. 내 친구 중에 이와 비슷한 경험을 한 사람도 있거든. 너희도 신데렐라가 왕자님을 만난 이야기에 감동받지 않니? 난 그 사람이 거지든 뭐든 바른 인간성을 갖추고 노력하는 사람이라면 편견 없이 사랑해야 한다고 보는데. 평강공주와 온달 이야기도 있잖아. 우리가 문학에서 배울 것들을 몸소 느끼고 있잖아."

"선생님의 이야기는 사실인가요? 거짓인가요?"

"그냥 진실이라고 해 두자."

아리송한 대답으로 선생님의 이야기는 끝났다.

문학은 인간의 삶과 감정을 나타낸다

대체 문학이란 무엇인가? 그것을 풀어내는 서두에 통속적인 드라마 같은 이야기를 하다니. 게다가 선생님이 꾸며 낸 듯한 이야기, 말하자면 거짓말을 인용하다니. 그러나 이 이야기 속에 문학이란 무엇인가를 말할 수 있는 실마리가 있다.

문학이란 선생님의 이야기처럼 말로 된 것 또는 글로 표현된 것이다. 어린 시절 할머니가 우리에게 들려준 옛날이야기가 문학이고, 우리가 읽었던 안데르센 동화가 문학이며, 〈흥부전〉, 〈춘향전〉, 〈삼대〉, 〈로빈슨 표류기〉 같은 소설이 문학이고, 감정을 담아낸 시들이 문학이며, 내가 어젯밤에 쓴 일기도 문학이다. 선생님이 아이들에게 들려준 이야기도 일종의 문학일 수 있다.

그렇다면 말과 글로 표현된 모든 것이 문학인가? 어제 거리에서 일어난 화재 사건을 보도한 기사도 문학이란 말인가? 그건 아니다. 문학은 '형상화'의 과정을 거친다. 어떤 소재를 예술적으로 재창조하는 것을 형상화라 한다. 선생님의 이야기는 사실이건 꾸밈이건 형상화의 과정을 거쳤다. '대학생과 거지 청년의 사랑'이라는 이야기를 만남과 사랑의 싹틈, 사랑의 발전, 헤어짐의 과정으로 전개해 나갔다. "거지 청년을 만났다가 헤어졌어."라고 단순하게 말한다면, 거기엔 형상화의 과정이 없다. 그러나 선생님의 이야기에는 아이들의 호기심을 이끌어 내는 감춤과 드러냄의 기법이 있고, 감정의 발전 과정이 섬세하게 그려졌다. 상상력을 바탕으로 사실을 재구성하여 그것 자체가 하나의 온전한 세계로 존재하게 하는 것이다.

그리고 거기엔 인간의 '정서'가 있다. 안타까움, 슬픔, 설렘 등의 감정이 고스란히 담겨 있다. 선생님의 첫사랑 이야기를 들으면서 아이들은 거지와 대학생의 사랑이라는 흔치 않은 사건에 놀라움과 호기심을 가졌고, 그 사랑이 이루어진 것에 환호했다. 또한 어쩔 수 없는 헤어짐에 슬퍼하기도 했다. 물론 화재 사건 기사를 보면서도 안타까운 감정이 들긴 하지만, 이는 구체적 사건이나 상황 또는 사람에게서 비롯하는 정서는 아니다.

"선생님의 이야기는 사실인가요? 거짓인가요?"

"그냥 진실이라고 해 두자."

아이들과 선생님 사이에 오갔던 대화가 마음에 걸린다. 그렇다면 문학은 허구일까, 사실일까? 대답은 이렇다. 허구이기도 하고, 사실이기도 하다. 사실인 것도 있지만, 사실 그대로의 나열은 아니다. 허구인 것도 있지만, 완전히 허구는 아니다. 삶 속에서 마주칠 만한 일들이거나 우리가 겪는 것들(감정이건 사건이건)을 담아낸다. 여기에는 '상상'이라는 요소가 작용한다. 허구라면 우리가 진실하다고 믿을 만하게 꾸며 내는 상상력이 필요하며, 사실의 재구성이라면 그것을 하나의 온전한 세계로 만들어 진실하게 다가갈 수 있도록 하는 상상력이 필요하다. '상상'이란 꾸밈이나 거짓과는 다르다. 풍성한 사고, 창조 능력이라고 보아야 할 것이다.

이제 문학에 대해 정리를 해 보자. 문학은 언어로 표현된 예술이다. 예술이기에 창조의 과정인 '형상화'를 거친다. 형상화를 통해 한 편의 문학은 하나의 독립된 세계가 된다. 이 형상화의 과정에서 상상의 힘이 작용한다. 문학은 인간의 정서에 호소하며 정서를 담아내기에 읽고 듣는 이에게 감동을 준다.

윤동주의 시 한 편을 보자.

죽는 날까지 하늘을 우러러
한 점 부끄럼이 없기를
잎새에 이는 바람에도
나는 괴로워했다.
별을 노래하는 마음으로
모든 죽어가는 것을 사랑해야지.
그리고 나한테 주어진 길을
걸어가야겠다.

오늘밤에도 별이 바람에 스치운다.

〈서시〉

시인이 몇 월 며칠에 하늘을 우러러보며 부끄럼 없이 살자고 다짐한 것은 아니리라. 잎새에 바람이 이는 그 사실 자체로 괴로워한 것도 아니리라. 별을 소재로 노래한 것만도 아니리라. 단지 시인은 양심의 목소리에 따라 살고자 했고, 아름다운 것을 바라보고 아름다운 것을 추구하며 살고 싶었을 것이다. 작은 일 하나라도 순수함이 어그러질 때면 양심에 부끄러움을 느꼈을 것이다. 표면적 의미 그대로를 사실로 볼 수는 없지만 시에 담긴 함축적 의미를 생각해 보면, 이 시에는 시인의 삶에 대한 진실한 태도가 담겨 있음을 알게 된다. 이렇게 허구와 사실 여부를 떠나 시인은 자신의 삶을 바탕으로 한 상상을 통해 하나의 세계를 만들어 내지 않았던가. 우리는 그 시의 상황, 그 시의 정서를 읽어 내며 감동을 느낀다.

왜, 문학 작품을 읽을까?

문학은 재미있다

옛날 동해 용왕의 딸이 병들어 앓고 있었대. 딸을 사랑하는 용왕은 어떻게 해야 딸을 살릴 수 있을지 바닷속 모든 의원을 불렀지. 한 용한 의원이 토끼의 간을 구해서 약을 지어 먹으면 낫는다고 했어. 그런데 바다에서 어떻게 토끼 간을 구해? 어쩔 도리가 없지. 그때 거북이가 토끼 간을 구해 오겠다고 한 거야.

"제가 가서 토끼 간을 구해 오겠습니다."

〈토끼와 거북 이야기〉 앞부분

어, 거북이가 토끼 간을 구할 수 있을까? 어떻게 토끼를 데리고 용궁으로 갈까? 〈토끼와 거북 이야기〉를 들으며 어린 우리는 눈이 휘둥그레지기 시작했다. 바닷속에 용왕이 실제 존재하는지 아닌지는 중요하지 않았다. 거북이가 토끼를 속여 바닷속으로 데려갈 때는 이야기하는 사람이 거북이 편이냐 토끼 편이냐에 따라 듣는 사람의 심정도 달라졌다. 때로는 충신인 거북이 입장이 되어 토끼를 꾀어 바닷속으로 데려가는 일이 재미있었고, 토끼가 용왕을 속이고 탈출할 때면 거북이가 안쓰러워 어쩔 줄을 몰랐다. 한편 약한 짐승의 간을 빼내려는 용왕이며 거북이가 미울 때는 꾀 많은 토끼가 대견스러웠다. '다음엔 어떻게 될까?', '아, 아슬아슬해.', '하하, 재미있다.', '으, 불쌍해서 어떻게 해.' 등 이야기의 흐름에 따라 우리의 생각과 감정은 시시각각 변해 갔다.

어릴 적 우리는 할머니의 무릎을 베고 누워 옛날이야기를 들었다. 〈혹부리 영감〉이며 〈도깨비 방망이〉, 〈해와 달이 된 오누이〉……. 할머니 이야기가 끝나면, "하나만 더 해 주세요."라는 말을 몇 번이고 반복했다. 조금 자라 학교에 들어가서는 선생님이 들려주시는 동화에 푹 빠졌다. 선생님이 이야기를 많이 해 주셨으면 하고 바랐다. 조금 더 커서는 영화를 보고 드라마를 보았다. 한 번 보면 또 보고 싶고, 또 보고 싶다. 끊으려 해도 끊을 수 없는 중독성 강한 약 같기도 하다.

왜 그렇게 빠져들었을까? 너무나 재미있기 때문이다. 그 재미는 때로는 달콤함이었고, 때로는 호기심이었고, 때로는 공포였으며, 때로는 웃음이었고, 때로는 슬픔이기도 했다. 이 모든 것이 뒤범벅된 적도 있다. 문학은 이렇게 우리를 생각에 빠뜨리고, 우리 마음을 두드리며 다가오기 때문에 재미있는 것이다. 삶에서 재미있는 게 없다면? 그저 먹고 자고 일하고…… 그렇게 살아간다면 우리 삶이 얼마나 삭막하겠는가.

문학이 재미있는 이유는 우리 삶과 닮아 있기 때문이다

〈해와 달이 된 오누이〉를 보자. 가난한 집에서 어머니가 돌아오기를 기다리는 배고픈 남매. 아버지가 이야기 속에 나타나지 않고 어머니가 떡 장사를 하는 것으로 미루어 아버지는 돌아가셨거나 멀리 떠나 있는 모양이다. 가난한 오누이 집안의 사정을 우리는 잘 이해할 수 있다. 우리 주변, 어쩌면 우리 자신도 현재 그런 상황일 수 있기 때문이다. 비록 우리 자신과는 정반대의 상황이더라도 그 힘겨움을 미루어 짐작할 수 있다. 이처럼 문학 속에는 인간의 삶이 있기에 문학 작품을 읽는 것이다.

〈해와 달이 된 오누이〉에서 힘들게 살아가는 한 가족의 삶과 위기를 읽을 수 있다면, 〈춘향전〉 같은 고전 소설에서는 또 어떤 삶을 읽게 될까? 어느 봄날 만난 두 젊은 남녀 이몽룡과 성춘향의 아름다운 사랑 이야기를 읽고, 기생의 딸이라는 이유로 박해를 받아야 하는 춘향이의 삶을 본다. 이몽룡의 어사 출두를 통해서 당시의 관리들이 얼마나 부패했고 사치스러웠는지도 알게 되고, 민중은 또 얼마나 굶주리며 살아갔는지도 짐작한다.

이렇게 문학은 인간의 삶을 그려 낸다. 그래서 자신의 삶밖에 모르는, 아니 자신의 삶도 제대로 돌아볼 줄 모르는 우리에게 삶의 아름다움과 슬픔, 기쁨, 아픔, 부조리…… 삶 속에서 빚어지는 무수한 사연을 전해 준다. 우리는 문학 작품을 읽으며 삶을 배우고, 삶에 물음을 던지고, 더 나은 삶을 그려 보는 것이다.

문학은 인간에 대한 연민을 갖게 한다

다시 〈해와 달이 된 오누이〉로 돌아가 보자. 이야기 속 오누이는 모르겠지만, 독자인 우리는 이미 그들의 어머니가 호랑이에게 잡아먹힌 것을 알고 있다. 남편도 없이 힘겹게 아이들을 키우던 어머니는 호랑이에게 잡아먹히고, 어머니를 기다리던 오누이 앞에 무서운 호랑이가 나타날 것이다. 이 얼마나 조마조마한 상황인가. 처음에 아이들은 의심스러워 문을 열어 주지 않는다. 이야기를 읽는 우리도 긴장이 되어 어느새 한숨을 내쉰다. 그러나 곧이어 호랑이는 속임수를 써서 집 안으로 들어온다. 야수와 어린아이들이 어디 상대할 만한가? 피할 길 없는 막다른 길에 선 두 어린아이. 우리는 그 상황을 눈앞에 그리며 그들의 처지에 공감한다. 호랑이라는 강자 앞에서 한없이 나약한 아이들. 이들에게 느끼는 공감과 연민이 바로 문학을 읽는 이유일 것이다.

연민, 불쌍하고 가련하게 여기는 감정. 이것이 없다면 우리는 어린아이들이 막다른 길목에서 공포에 떨든, 호랑이에게 잡아먹히든 상관없을 것이다. 그리고 실제 우리 삶 속에서 길거리 거지 한 사람이 얼어 죽어도, 같은 반 내 친구가 가난에 굶주려도, 힘없는 노인이 무거운 짐을 들고 계단을 올라가도 아무렇지 않을 것이다.

우리는 문학을 통해 연민을 배운다. 인간의 마음속에 있는 작은 연민의 감정이 문학을 통해 더욱 자라고 세상을 따뜻한 눈으로 보게 한다. 그리하여 우리 삶이 삭막하지 않고 서로의 온기를 느낄 수 있게 되는 것이다.

문학은 더 큰 세상을 바라보게 한다

호랑이에게 쫓기던 어린 오누이가 하늘에서 내려온 줄을 잡고 올라가 해와 달이 되었다. 절망의 상황에서도 길은 열리고, 가장 작고 약한 자가 세상을 비추는 가장 고귀한 존재인 해와 달이 되었다. 자기 힘만 믿고 날뛰던 호랑이는 썩은 줄을 잡았고, 수수밭에 떨어져 비참한 결말을 맞는다.

현실에서 오누이의 처지는 절망적이다. 인간 세상에서 더 피할 데가 없다. 그런데 하늘에서 줄이 내려온다. 하늘에서 내려온 동아줄은 희망이며, 더 큰 세상을 바라보게 하는 빛이다. 이는 어떤 신앙을 가지라는 말이 아니라, 눈을 조금 돌리면 다른 세상이 보인다는 점을 의미하는 게 아닐까?

〈춘향전〉을 보자. 감옥에 갇힌 춘향은 이제 죽음을 앞두고 있을 뿐이다. 믿었던 이 도령은 거지꼴로 찾아왔고, 변학도는 기세등등하다. 그야말로 절망적인 상황이다. 그러나 이 상황을 깨뜨리는 암행어사 출두 소리. 그 소리는 〈해와 달이 된 오누이〉에서 오누이에게 내려온 동아줄처럼 절망을 희망과 승리로 역전시킨다.

동아줄과 암행어사 출두가 단순히 등장인물이나 독자를 위로하며 막연한 희망을 주기 위한 장치였을까? 그렇지만은 않을 것이다. 연약한 존재를 위협하며 막다른 길목으로 몰아넣는 폭력이 있어서는 안 된다는 점, 그런 폭력적인 세력은 분명 징벌을 받아야 하며 힘없고 착한 사람들은 복을 받아야 한다는 메시지를 전하고자 함이다.

〈해와 달이 된 오누이〉 같은 민담의 세계에서는 하늘이 그 역할을 했으며, 〈춘향전〉 같은 고전 소설에서는 등장인물이 그 일을 맡았다. 현대 문학에서는 영웅적인 주인공, 마법의 위력, 사회 정의 등 다양한 방법과 방향이 있겠지만 작품을 읽는 독자의 역할이 커진 것 같다. 독자가 작품을 통해 어떤 문제를 인식하고, 그 안에서 절망을 느끼거나 희망을 찾으면서 또 다른 세계를 갈구하게 되었으니 말이다.

예를 들어 조세희의 〈난장이가 쏘아 올린 작은 공〉을 읽은 독자가 있다고 하자. 이 작품은 1978년에 출간된 연작 소설로 1970년대 노동자들의 삶을 돌아보게 한다.

난쟁이 김불이 씨 가족. 아버지는 채권 팔기, 칼 갈기, 수도 고치기 등 날품팔이 일을 한다. 아들 영수, 영호와 딸 영희 모두 공부를 열심히 해서 가난한 처지를 벗어나야겠다는 생각을 품고 있지만 아버지의 건강이 나빠지자 모두 공장에 나가 일을 하는 공원이 된다. 늦은 시간까지 좋지 않은 작업 환경에서 힘겹게 일해도 입에 풀칠할 정도밖에는 벌 수가 없다. 이 가족은 서울 변두리인 낙원구 행복동에 살고 있다. 이곳은 재개발로 아파트가 들어서는 철거 지역이다. 난쟁이 가족은 그 동네의 다른 집들과 마찬가지로 입주할 때 내야 할 돈을 마련할 수가 없다.

그들은 오랫동안 살아온 집을 지켜 낼 수 없어 입주권을 팔고야 만다. 영희는 젊은 중개업자를 따라가 자기 순결을 대가로 입주권을 찾아오지만, 아버지가 굴뚝에서 떨어져 죽었다는 사실을 알게 된다.

큰아들 영수는 아무리 일해도 힘겨운 노동자의 삶을 벗어나기 어려움을 자각하고 노동조합을 만든다. 노동자들의 권리를 되찾기 위해 싸우지만 힘겹기만 하다. 그는 결국 자신과 동료들을 고통 속에 빠뜨리는 은강방직 회장을 살해하려 하지만, 그와 닮은 동생을 죽여 사형 선고를 받는다.

극도의 가난, 철거로 잃어버린 삶의 터전, 자살, 살인, 사형 선고……. 이보다 더 비참할 수 없는 상황이다. 이 작품은 난쟁이 일가의 삶을 통해 개발 속에서 삶의 터전을 잃어 가는 도시 빈민의 삶을 보여 주었고, 대물림하는 가난의 실상도 그려 냈다. 1970년대의 노동 현실이 얼마나 열악했는지도 알게 해 주었다. 이 작품 어디에서 희망을 발견하고, 어디에서 커다란 세계를 본다는 말인가? 문학이 위안과 희망을 주고 더 큰 세상을 바라보게 한다는 말은 틀린 것 아닌가? 어쩌면 이러한 생각을 할지도 모르겠다.

비참한 삶 속에서도 짓밟히지 않는 생명력 강한 사람들이 있다. 끝내 사랑을 믿고 사랑이 넘치는 세상을 꿈꾸는 사람들이 있다. 〈난장이가 쏘아 올린 작은 공〉은 당시 사회의 모습을 생생하게 그려 냈기에 독자들로 하여금 그 문제점을 극복해야 한다는 꿈을 꾸게 한다. 난쟁이 가족이 살던 '낙원구 행복동'이라는 반어적인 동네 이름은 결코 낙원이 아니며 행복하지도 않은 현실을 바꿔야 한다는 생각을 하도록 이끈다. 이렇게 우리는 한 편의 문학 작품을 통해 더 큰 세상을 바라보게 되는 것이다.

우리 문학은 어떤 길을 걸어왔을까?

아득한 옛날, 지금과는 조금 다른 골격과 모습이었겠지만 이 지구상에는 인류가 살기 시작했다. 그들은 두 발로 일어섰고, 자유로워진 두 손으로 도구를 잡았다. 그들은 울부짖음을 넘어 말을 나눌 수 있었을 것이다.

언제였을까? 인간의 감정과 뜻을 언어에 담아 표현한 문학이 태어난 때는? 달리기 경주처럼 어느 지점, 어느 순간부터 문학이 시작되었다고 말할 수는 없다. 그러나 말로 자신의 뜻을 표현할 수 있게 되었을 때부터 문학은 존재했을 것이다.

오래전의 인간들은 어디에 가면 사냥감이 있는지를 이야기했고, 야수를 만나 자신이 겪은 위험을 이야기했으리라. 그것은 함성을 닮은 노래이기도 했고, 사냥의 동작을 흉내 낸 춤이었으며, 하고 싶은 말을 동굴 벽에 그려 낸 그림이기도 했다.

조금 더 세월이 흘러 그들은 자신들의 삶과 뗄 수 없는 자연을 두려워하고, 숭배했으며, 찬양하기도 했다. 그래서 그들은 이 대자연을 품고 있는 신의 존재를 어렴풋이 느끼게 되었다. 그들은 신을 향해 기원의 축제, 감사의 축제를 드렸다. 이처럼 춤과 음악과 문학이 두루 어우러진 원시 종합 예술의 형태 속에서 문학은 그 싹이 트고 자라고 꽃을 피웠다.

우리 문학의 흐름도 여기에서 벗어나지 않을 것이다. 아주 오랜 옛날 우리 조상이 이 땅 어디에선가 살기 시작했던 때, 역사가들이 70만 년 전이라 하는 그때쯤부터 문학은 싹이 트기 시작했을 것이다. 물론 그때의 문학은 지금 우리가 알고 있는 옛 문학 작품들과는 달랐을 것이다.

자, 이제 우리 문학이 어떤 길을 따라왔는지 더듬어 보기로 하자.

| 첫째 마당 |

고대 둘러보기

언제부터인지 정확히 알 수는 없지만, 이 땅에 사람들이 살고 말을 통해 자신의 뜻을 펼치기 시작했다. 우리 역사상 최초의 국가인 고조선이 세워지고, 여러 부족 국가를 거쳐 고구려와 백제와 신라의 삼국이 자리 잡았다. 그리고 발해와 통일 신라가 그 뒤를 이었다. 통일 신라 말기까지의 문학을 흔히 '고대 문학'이라고 부른다. 이 시기를 한마디로 어떻게 표현할 수 있을까? '인간을 찾아서!' 그렇다. 이 시기는 인간을 찾는 과정이었다.

고대 문학은 우리 문학이 태어나고, 고대의 짧은 노래가 나타나고, 향가와 같은 노래가 불리던 시기의 문학을 말한다. 처음부터 문학이 홀로 태어난 것은 아니다. 풍년을 기리며 하늘을 향해 기원하는 몸짓과 노래가 문학의 싹이었을 것이다. 이처럼 원시 종합 예술은 음악, 무용, 문학 등이 모두 어우러진 형태였다.

국가가 성립하면서 고조선의 〈단군 신화〉, 고구려의 〈동명왕 신화〉, 신라의 〈박혁거세 신화〉 등 신적 존재가 나라를 세웠다는 자부심이 신화 속에 담겨졌다. 배경 설화와 함께 짧은 노래들도 전한다. 〈구지가〉, 〈공무도하가〉, 〈황조가〉 같은 짧은 노래는 '고대 가요'라고도 불린다.

고구려, 백제, 신라의 고대 국가가 자리 잡으면서 문학은 좀 더 다양한 모습을 띤다. 고구려의 노래는 그 가사가 전하지 않고, 백제의 노래는 〈정읍사〉 한 편이 전한다. 신라의 노래인 향가는 한자의 음과 뜻을 빌린 향찰 표기로 《삼국유사》에 14수와 고려 초 균여의 〈보현십원가〉 11수가 《균여전》에 전한다. 진성 여왕 때 향가집인 《삼대목》이 발간되었다고 하나 지금은 전하지 않는다. 설화 역시 변모 과정을 거친다. 신성성 가득한 건국 신화 중심에서 왕족은 물론 평범한 백성과 천민, 동물의 이야기로 옮겨 갔다.

한문학은 귀족층을 중심으로 한자가 수용되어 한문으로 활용되던 때부터 시작되었다. 을지문덕의 〈여수장우중문시〉와 설총의 〈화왕계〉, 최치원의 시문 등은 우리 한문학의 문을 활짝 열고 꽃을 피워 냈다.

이 시기의 문학은 먹이 화선지에 번져 가듯 자신의 영역을 확대시켜 갔다. 하늘의 이야기에서부터 낮은 곳의 이야기, 집단적 노래에서 개인의 서정적 노래, 더 나아가 수많은 인생사를 담은 노래, 지식인의 한문학은 물론 우리 노래를 기록하기 위한 향찰 표기까지 다양하게 펼쳐졌다.

연대	주요 문학 작품
고조선	〈단군 신화〉, 〈공무도하가〉
기원전 17	〈황조가〉
42	〈구지가〉
157	〈연오랑 세오녀〉
599	〈서동요〉
612	〈여수장우중문시〉
미상	〈정읍사〉
661~681	〈원왕생가〉
681~691	〈화왕계〉
692~702	〈모죽지랑가〉
702~737	〈헌화가〉
742~760	〈도솔가〉, 〈제망매가〉, 〈안민가〉, 〈찬기파랑가〉
875~886	〈처용가〉, 〈동풍〉, 〈격황소서〉, 〈추야우중〉, 〈제가야산독서당〉

인간과 신이 어우러지는 신화의 세계

우리나라의 건국 신화, 〈단군 신화〉

오븐에서 나온 인간?

우스개처럼 전하는 이야기 중에 이런 이야기가 있다. 이를테면 인간 창조 신화인 셈이다.

> 옛날 아주 오래전, 세상이 처음 시작되었을 때의 이야기다. 세상을 만든 신은 인간을 만들기로 했다. 밀가루로 반죽하여 익으면 인간이 되는 것이었다. 인간 모양을 만들어 굽기 시작하였는데 어느 반죽은 약간 덜 익었고, 어느 것은 적당히 익었고, 어느 것은 타 버렸다. 덜 익은 인간 반죽은 백인종이 되었고, 잘 익은 것은 황인종, 너무 익어 까맣게 탄 것은 흑인종이 되었다.

오븐에서 신이 인간을 만들어 낸다고? 황당하여 피식 웃어 버리고 말 이야기지만, 꼼꼼하게 읽어 보면 이 이야기에서도 어떤 의미를 이끌어 낼 수 있다. 이 이야기를 만들어 낸 사람은 황인종을 가장 적절하게 구워진 빵처럼 생각한다. 백인종은 어쩐지 부족하고 흑인종은 뭔가 지나치다면,

황인종은 가장 바람직한 종족이 아닐까 하는 생각이 담겨 있는 것이다. 이 이야기를 만들어 낸 사람은 황인종에 자부심을 지녔을 것이다. 그리고 그 자부심을 자신과 같은 황인종에게 퍼뜨려 황인종 전체의 자긍심을 세워 주고 '우리는 하나다.'라는 의식을 갖게 하고 싶었는지도 모른다.

왜 하필 인종을 빵 굽는 데 비유했을까? 아마도 빵이 일상적으로 흔히 먹는 음식이 되었을 때 나온 이야기가 아닐까 싶다. 여기서 이 이야기의 문제점을 지적하자면, 황인종이 바람직한 인종이고 다른 인종은 그렇지 않다는 인종적 우월 의식이 그것이다. 어쩌면 백인종이 황인종이나 흑인을 무시하는 데 대한 억울함 때문에 이 같은 이야기가 나왔을지도 모를 일이다. 자신이 속한 집단의 자부심과 단결을 이끌어 내기 위해 다른 집단을 깎아내리는 것은 또 다른 불평등과 편견을 만들 뿐이다.

인간은 어떻게 이 세상에 태어났을까? 왜 홍수가 나고, 천둥 번개가 치는 것일까? 어떻게 인간 사회가 성립되었을까? 우리 집단, 우리 민족, 우리 국가가 처음 만들어진 것은 언제일까? 아주 오랜 옛날부터 사람들은 이런 궁금증을 갖고 있었을 것이다. 그러면서 전해 오는 이야기에 살을 붙이기도 하고, 자신의 환상을 덧붙이기도 하고, 개인의 삶을 반영하기도 하고, 때로 어떤 의도를 담아내기도 하면서 하나의 이야기를 만들어 냈을 것이다. 이것이 바로 신화의 세계이다. 이쯤 해서 우리는 어렸을 때부터 즐겨 읽거나 들어 왔던 두 가지 신화를 생각하게 된다. 기독교의 창조 신화와 그리스 신화이다. 세상을 만들고 다스리는 오직 하나의 신이 기독교의 신이라면, 약점과 실수투성이의 인간 같은 신이 그리스 신이다. 이는 세계관의 차이에서 비롯할 것이다. 기독교와 그리스 문명은 헤브라이즘과 헬레니즘이라는 서양 문명의 두 흐름이기도 하다.

자, 이제 우리나라로 돌아와 보자. 우리에게도 신화가 많다. 그 신화들은 대부분 건국 신화이다. 가장 오래된 것은 〈단군 신화〉이다. 어릴 때부터 많이 듣고 읽었지만, 신화의 의미를 따져 본 일은 거의 없다. 우리는 왜 〈단군 신화〉를 읽으면서 그 의미를 따져 보아야 할까? 그 안에는 우리 민족의 정신과 사상이 담겨 있고, 고대인의 삶이 담겨 있으며, 우리 문학의 뿌리가 거기에서 비롯하기 때문이다. 우리는 〈단군 신화〉를 읽으면서 신화에 담긴 사상과 사회상을 파악해야 함은 물론, 지금 신화의 의미를 어떻게 받아들여야 할지도 생각해야 할 것이다.

하늘과 인간의 만남–〈단군 신화〉

〈단군 신화〉는 입에서 입으로 전해 오다가 고려 때 승려 일연이 쓴 《삼국유사》에 처음 기록된 고조선의 건국 신화이다. 《삼국유사》 외에 《제왕운기》에도 실려 있지만 내용이 조금 다르다. 《삼국유사》를 통해 그 내용을 살펴보기로 하자.

> 옛날에 환인(桓因)의 서자 환웅(桓雄)이 항상 천하에 뜻을 두고 인간 세상을 몹시 바랐다. 아버지는 아들의 뜻을 알고 삼위태백을 내려다보매 인간 세계를 널리 이롭게 할 만한지라. 이에 천부인(天符印) 세 개를 주어 내려가서 세상을 다스리게 하였다.
>
> 환웅은 그 무리 3천 명을 거느리고 태백산, 즉 지금의 묘향산 꼭대기 신단수 아래로 내려와서 이곳을 '신시(神市)'라 불렀다. 이분을 '환웅천왕'이라 한다. 그는 풍백, 우사, 운사를 거느리고 곡식, 수명, 질병, 형벌, 선악 등을

주관하며, 인간의 삼백예순 가지나 되는 일을 주관하여 인간 세계를 다스려 교화시켰다.

이때 곰 한 마리와 범 한 마리가 같은 굴에서 살았는데, 늘 신웅(환웅)에게 사람이 되게 해달라고 빌었다. 이에 환웅이 신령한 쑥 한 쌈과 마늘 스무 개를 주면서 말했다.

"너희가 백일 동안 동굴 안에서 이것을 먹으며 햇빛을 보지 않는다면 곧 사람이 될 것이다."

곰과 범은 이것을 받아서 먹었다. 몸과 마음을 삼가고 깨끗이 한 지 21일 만에 곰은 여자의 몸(웅녀)이 되었으나, 범은 그러지 못하여 사람이 되지 못했다. 웅녀는 자신과 혼인할 상대가 없었으므로 항상 신단수 아래에서 아이 갖기를 축원했다. 이에 환웅은 잠시 인간으로 변하여 그와 혼인해 주었고, 웅녀는 임신하여 아들을 낳았다. 그의 이름은 '단군왕검'이라 하였다.

단군은 요 임금이 왕위에 오른 지 50년인 경인년에 평양성에 도읍을 정하고 비로소 '조선'이라 불렀다. 또다시 도읍을 맥악산 아사달로 옮겼다. 그곳을 궁홀산 또는 금미달이라 한다. 그는 1500년 동안 여기에서 나라를 다스렸다.

주의 무왕이 왕위에 오른 기묘년에 기자를 조선에 봉하매 단군은 장당경으로 옮기었다가 후에 아사달로 돌아와 숨어 산신이 되었는데, 그때 나이가 일천구백팔 세였다.

〈단군 신화〉

"헉, 정말 황당하고 허황된 이야기야. 어떻게 하느님의 아들이 세상에 내려와서 곰이랑 결혼을 해? 곰이 또 어떻게 마늘과 쑥을 먹고 인간이 되며, 인간으로 태어난 단군이 어떻게 1900여 년이나 살 수 있어? 이건 옛사람들이 자신들의 조상을 그럴듯하게 보이도록 꾸며 낸 이야기야." 하고 말할 수 있을까? 그럴 수 없다. 물론 신화는 민담이나 전설과 같은 설화이며 구비 문학이다. 입에서 입으로 전해 내려오는 동안 사람들의 상상력이 보태지고 바라는 바가 담기며 더욱 신비스러워지기도 한다. 그러나 거짓처럼 보이는 이야기 속에 진실이 있고 의미가 있다.

그렇다면 신화가 지니는 의미와 함께 〈단군 신화〉가 지금까지 우리 민족에게, 또한 현재의 우리에게 전하는 의미의 세계를 하나하나 찾아보자.

신성성 가득한 이야기

신화의 특징은 한마디로 신성성(神聖性)이다. 신과 같이 성스러운 특성이라는 의미이다. 신화에는 보통의 인간으로서는 경험할 수 없는 초월적 사건들이 있으며, 보통의 인간이 아닌 신격화된 인간들이 등장한다. 신화 속의 신 또는 인물은 해와 달을 생기게도 하고 사라지게도 하며, 인간을 빚어내기도 하고, 이 세상을 다스리는 막강한 힘을 갖기도 했다. 〈단군 신화〉 역시 이 같은 신성성이 있기에 단순한 전설이나 민담이 아닌 '신화'로서 특별한 의미를 지닌다.

이 이야기에 나오는 인물들은 신성한 인물들이다. 인간 세상을 그리워했던 환웅은 환인, 즉 하느님의 아들이다. 환웅의 아들은 당연히 하느님의 손자가 된다. 하늘의 혈통을 이어받은 고귀한 존재들이 등장하는 것이다. 당연히 이들은 초월적 능력을 갖고 있다. 환웅은 하느님에게서 천부인(하늘이 준 표식) 세 개를 받았다. 천부인이 무엇인지 구체적으로 나타나 있지는 않지만, 신의 위력을 보여 주는 징표일 것이다. 단군은 또 어떤가. 그는 임금이 되어 1500년 동안 나라를 다스렸고, 1908세에 산신이 되었다.

다른 신화들처럼 신격화된 인물의 탄생 역시 신비롭고 기이하다. 단군은 쑥과 마늘을 먹어 인간이 된 곰과 하느님의 아들 사이에서 태어났다. 다른 신화들의 주인공도 대부분 신이한 탄생 과정이나 출현 과정을 거친다. 주몽 역시 천신의 아들 해모수와 물의 신의 딸 유화가 만나 낳은 알에서 탄생한다. 웅녀가 쑥과 마늘을 먹고 햇빛을 보지 않는 시련을 이겨 내고 인간이 되어 단군을 낳았듯, 유화도 온갖 시련을 겪은 뒤에야 주몽을 낳는다.

신라의 시조 박혁거세는 알에서 태어났고, 가야의 수로왕도 그렇다. 그리스 신화에서 아테네 여신은 아버지 머리에서 태어난다. 제우스는 숲의 요정에게서 키워져 아버지 뱃속에 있는 동생들을 구해 내고 왕이 된다. 로마인들은 늑대가 키운 로물루스와 레무스라는 늑대 소년을 자신들의 건국 시조로 삼고 있다. 이처럼 신화 속 인물들은 탄생부터 신비스럽기만 하다.

그렇다면 신성성을 갖춘 이야기가 왜 필요했을까? 사람들 마음에 자리 잡은 초월적 힘에 대한 두려움 또는 신비로운 자연 현상에 대한 경외심 등이 신비로운 이야기를 만들어 낸 원동력이 되었을 것이다. 이와 관련된 신화들을 생각해 보자. 인간의 탄생, 홍수, 메아리, 해와 달이 없어지고 생겨난 일 등 자연의 섭리와 관련된 이야기들이다.

공동체의 결속을 다지려는 것도 하나의 이유였을 것이다. 대부분의 건국 신화가 이 같은 목적을 바탕에 두고 있다. 우리가 사는 나라는 이렇게 만들어졌다, 이런 이상을 가진 나라이다, 이렇게 정당성을 지녔다, 이렇게 숭고한 나라이다 등의 끈끈한 동류의식! 하나의 건국 신화는 그 국가의 구성원들에게 긍지와 자부심을 주는 것이다.

〈단군 신화〉에 나타난 건국 과정

〈단군 신화〉는 건국 신화이다. 고조선의 건국 과정을 신비화하여 담아냈다고 볼 수 있다. 그렇기에 짧은 이야기 속에서 고조선의 건국 과정을 유추할 수 있으며, 환웅과 단군의 위치 또한 짐작해 볼 수 있다.

환웅이 하늘의 권위를 나타내는 천부인을 가지고 사람들을 다스렸다는 이야기는 지배자와 피지배자의 관계가 형성되었음을 알려 주는 단서이다. 또한 곰이 사람이 되어 환웅과 결혼하고 호랑이는 사람이 되지 못했다는 이야기 속에서 곰을 토템(한 집단이 신성시하는 자연물)으로 하는 부족이 환웅족과 연합하였고, 호랑이를 토템으로 하는 부족은 어디론가 쫓겨 갔을 것으로 생각해 볼 수 있다. 실제로 원시 공동체 사회가 해체되고 여러 부족이 서로 정복 전쟁을 벌이면서 우세한 세력이 주변 세력을 정복하거나 통합하는 과정을 통해 고대 국가가 성립하였다. 고조선을 비롯하여 부여 등 여러 나라가 그렇게 해서 이루어졌다.

곰은 사람이 되고 호랑이는 사람이 되지 못한 것, 그리고 하늘의 신인 환웅과 곰 여자(웅녀)가 결혼한 이야기를 조금 세련되게 해석해 보면 어떨까? 곰을 숭배하는 집단, 즉 곰을 자신의 조상이라고 믿는 집단인 웅녀족과 호랑이를 자신의 조상이라고 믿는 집단인 호돌이족. 그리고 자신의 조상이 하늘에서 내려왔다고 믿는 '고상한' 집단 천신족의 삼각관계로 해석해 보자는 것이다. 이렇게 보면 환웅과 웅녀의 결혼은 천신족과 웅녀족의 결합을 의미한다. 환웅으로 대표되는 천신족이 어디에선가 흘러 들어와 우월한 힘과 권위를 바탕으로 웅녀족을 흡수하고, 마음에 안 드는 호돌이족을 쫓아내 버린 것이라고 해석할 수 있다.

《시와 이야기가 있는 우리 역사》

그렇다면 고조선은 대략 언제쯤 세워진 나라일까? 〈단군 신화〉에 따르면 기원전 2333년으로 거슬러 올라간다. 그러나 여러 가지 유적과 유물, 기록을 바탕으로 보면 기원전 8세기 이전이긴 하나 10세기보다 앞서지는 않았으리라 추측한다. 고대 국가의 성립을 청동기 시대쯤으로 생각한다면 청동기 시대의 상한선이 10세기경이기 때문이다.

대동강 주변과 랴오둥 반도에 걸쳐 성립된 고조선은 우리 민족의 조상이 세운 나라 중에서 가장 먼저 강력한 힘을 가진 나라로 우뚝 섰을 것이고, 그 건국 신화인 〈단군 신화〉는 여러 건국 신화 중 최초의 것이었으리라.

고인돌과 비파형 동검
탁자 모양의 고인돌 무덤과 비파형 동검이 퍼져 있는 지역을 통해 고조선의 세력 범위를 짐작할 수 있다. 랴오허 강 동쪽부터 한반도 북부 지역이 여기에 해당한다.

신화의 현실적 의미

고조선의 건국 과정에 이어 신화에 나타나는 현실적 의미를 좀 더 살펴보도록 하자. 〈단군 신화〉를 배우는 교실에서 선생님과 학생들은 아마도 이런 대화를 나눌지 모른다.

"자, 환웅이 우사, 운사, 풍백을 거느리고 이 세상에 내려왔다고 한다. 비와 구름과 바람이지. 여러분이 어릴 때 부르던 노래를 생각해 볼까? 제헌절 때 불렀던 노래지. '비, 구름, 바람 거느리고 인간을 도우셨다는 우리 옛적…….' 기억나지? 비와 구름과 바람이 인간을 어떻게 도울 수 있는 걸까? 그 사회가 주로 어떤 일을 할 때 그것들이 필요한 걸까?"

"농경 사회가 아니었을까요? 농사짓는 데는 날씨가 가장 중요하잖아요."

"음, 당시가 농경 사회였다는 이야기네. 맞아, 농업 경제를 기반으로 한 사회라는 게 확실해. 고조선이 성립된 지역은 아시아의 가장 오랜 문명 발상지이기도 하고 농업이 발달했으며, 광물 자원도 많이 나오는 곳이었다고 하지. 풍백, 우사, 운사는 어쩌면 날씨를 주관하는 주술사를 의미할지도 모른다는 추측도 해 볼 수 있지. 그렇다면 환웅이 가져온 천부인 세 개는 무엇일까? 하늘의 힘과 권위를 상징하는 물건이라고 하잖아. 음, 힌트를 하나 주지. 환웅은 하늘에서 내려온 신령한 존재로서 그 국가의 통치자이기도 해. 고대 사회는 하늘과 인간을 이어 주는 역할을 하는 제사장(말하자면 무당과 같다고 할까)과 국가의 왕이 분리되지 않은 시대였다. 환웅을 환웅천왕이라 불렀다는 것은 두 가지 능력을 다 갖고 있었다는 뜻이지."

"아, 환웅이 제사장이며 곧 왕이라는 말씀이지요? 천부인은 인간과 신을 이어 주는 무당이 갖고 있는 어떤 물건들 아닐까요?"

"그래, 후대 무속 자료를 통해 보면 아마도 방울이나 칼, 거울 같은 물건일 거라고 해."

"선생님, 그렇다면 태백산이라는 산, 신단수라는 나무에도 어떤 상징적 의미가 있을 것 같은데요?"

"맞아. 어떤 신령스러운 장소였을 거야. 일연은 묘향산이라 보았는데, 후대의 학자들은 그곳을 백두산이라 보기도 하지. 그렇다면 여기서 이끌어 낼 만한 현실적 의미는 없을까?"

"뒤에 보니까 곡식, 수명, 질병, 형벌, 선악을 주관하고 인간의 삼백예순 가지나 되는 일을 주관하여 인간 세계를 다스려 교화시켰다는 말이 있네요. 이미 계급도 있었고, 어떤 법률도 있었을 거라는 짐작을 하게 되는데요."

"아주 정확한 지적이야. 고조선 사회는 분명 계급 사회였지. 일단 왕이라는 존재가 있잖아. 랴오둥 반도에서 발굴된 고조선 시기의 무덤 중에는 중앙의 무덤을 여러 무덤 구덩이가 둘러싸고 있는 형태도 있다고 해. 어떤 권력을 가진 귀족의 무덤이라고 볼 수 있는데, 140명 정도가 함께 순장을 당했던 거지. 노예들이 순장을 당했으리라 보는 거야."

"고조선 사회의 법률이 기록에 남아 있다고 들었어요."

"《한서》(중국 전한의 역사서. 고조 유방이 전한을 창건한 기원전 206년부터 왕망의 신나라가 망한 24년까지 총 100편 120권으로 기록하였으며, 반고가 지음)라는 역사책을 보면 고조선에는 '8조법'이라는 법률이 있었는데, 노예 제도가 있었다는 것도 그 법률에서 확인할 수 있지. 남의 것을 훔치면 그 집 노비가 되어야 한다는 규정이 있거든."

"사유 재산 제도도 생겼고, 법률도 갖춘 사회네요. 고조선은 어떤 통치 질서를 갖춘 나라였다는 것이지요. 삼백예순 가지나 되는 일이라는 말은 일

단군
《삼국유사》에는 단군이 조선을 건국한 이야기가 실려 있다. 단군은 한국인이 이민족의 침략을 받을 때마다 민족의 독자성을 상징하는 존재로 여겨졌다.

팔주령
8개의 방울이 가지처럼 뻗어 있다. 제정일치 사회였던 청동기 시대 제사장들이 주술적 의미로 사용했다.

년을 단위로 갖가지 일이 일어났다는 걸 의미한다고 해석할 수 있고요."

"〈단군 신화〉에서 우리의 민간 습속을 읽어 낼 수 있지 않을까?"

"아, 그렇구나. 아기 낳으면 삼칠일 동안 가지 않는 것, 백일을 지내는 풍습 등도 있잖아요. 인간이 되기로 한 곰과 호랑이가 21일 동안 마늘과 쑥을 먹고, 100일 동안 햇빛을 보지 않는 것도 뭔가 연관이 있을 것 같아요."

"게다가 쑥과 마늘은 전통적으로 좋은 약재로 여겨져 왔어. 현대 과학에서도 두 가지의 효능은 인정하고 있지."

책 한 장도 채 되지 않는 짧은 이야기에서 우리는 이토록 많은 의미를 이끌어 낼 수 있다. 역사를 읽고, 당시 사회를 읽고, 우리 민족의 문화를 읽어 내기도 한다. 신화의 세계는 이렇게 무궁무진하고 신비롭다.

널리 인간을 이롭게 하라

〈단군 신화〉를 통해서 우리는 여러 의미를 생각해 보았는데, 여기서 중요한 것 한 가지를 빼놓을 수는 없을 것이다. 바로 우리나라의 건국 이념인 '홍익인간'이다. 홍익인간이란 널리 인간을 이롭게 한다는 뜻이다.

고대 사회의 한계와 문제점이 없었던 것은 아니겠지만 인간을 널리 이롭게 한다는 국가 이념, 신과 인간이 어우러져 하나의 나라를 이루고 그 나름대로 통치 질서가 있었던 고조선의 모습은 우리에게 커다란 자긍심을 준다.

일제 강점기에 일본인 학자들은 〈단군 신화〉를 부정하는 다양한 학설을 내놓았다. 단군을 지역의 토지신 정도로 낮춰 놓는가 하면, 몽골 침입 때 고려인들이 단결하기 위해 건국 신화로 고쳤다는 주장도 나왔다. 일연이 꾸며 낸 이야기라는 억지를 부리기도 했다. 일본은 우리 민족에게 자기 비하 가득한 노예 의식을 심으려 했을 것이다. 그러나 이 같은 탄압 속에서도 독립 운동가들 중에는 단군을 민족의 시조로 삼는 대종교를 만들어 항일 투쟁의 한 방편으로 삼은 사람도 있다.

나라가 수난을 당할 때마다 옛사람들은 이렇게 생각했을 것이다. '우리 선조가 나라를 세운 것은 하늘의 뜻이었고 하늘의 도움이 있었으며, 시련을 이겨 낸 곰이 하늘의 혈통을 지닌 환웅과 만나 단군을 낳았다는 〈단군 신화〉. 이것이야말로 민족을 한데 엮어 줄 수 있는 자부심이 가득한 이야기가 아닌가!'라고 말이다. 하긴 스스로 당당하고 자긍심 가득한 민족을 식민지로 삼아 지배하는 것이 쉽지 않았으리라.

〈단군 신화〉에 얽힌 이야기들을 따라가 보면, 신화가 만들어진 그 시점에서 멈춰 있는 죽은 이야기가 아님을 새삼 깨닫게 된다. 역사 속에서 의미가 새롭게 조명되고 재해석되기도 하며, 민족과 함께 고초를 겪기도 한다.

지금 〈단군 신화〉를 읽으며 우리는 어떤 것에 의미를 부여해야 할까? 그 시대를 읽어 내는 것, 상징적 의미를 파악하는 것, 〈단군 신화〉가 역사적으로 때로는 빛을 발하고 때로는 수난을 당했던 사실 등을 아는 것 모두 중요하다. 이와 함께 '인간 세계를 널리 이롭게 할 만한' 땅에 세워진 고조선의 역사적 책임이 현재를 사는 우리의 책임이기도 하다는 사실을 잊지 말아야 할 것이다.

생각의 갈피를 찾는 물음

1 〈단군 신화〉를 통해 이끌어 낼 수 있는 당시의 사회상 몇 가지를 찾아 보자.

2 현재 우리에게 〈단군 신화〉가 의미 있다면 그 이유는 무엇일까?

〈천지왕본풀이〉

〈단군 신화〉는 이 땅에 나라가 생겼음을 알린 건국 신화이다. 그렇다면 세상이 언제 시작되었는지를 이야기하는 창세 신화는 없을까? 기독교의 창세기에서는 신이 세상을 만들고, 그 다음에 남자, 그 남자의 갈비뼈로 여자를 만들었다고 이야기한다. 그리스 로마 신화에서는 혼돈(카오스) 속에서 대지의 여신 가이아가 태어났다고 한다.

우리나라의 창세 신화는 잘 알려져 있지는 않지만 서사 무가(굿을 할 때 무당이 이야기처럼 풀어 하는 노래)에서 찾을 수 있다. 제주도 지역에서 전해지는 서사 무가의 한 부분인 〈천지왕본풀이〉는 세상이 어떻게 시작되었는지를 이야기하는 창세 신화이다. 굿은 맨 처음 〈천지왕본풀이〉로 시작하여 신을 청하여 앉히고 음식을 권하면서 굿을 하는 때와 장소, 이유를 신에게 고하는 순서로 이어진다.

아주 오랜 옛날, 하늘과 땅이 따로 떨어져 있지 않고 맞붙어 있는 암흑과 혼돈의 세상이었다. 차츰 하늘이 열리어 하늘과 땅에 금이 가고, 그 금이 점점 벌어졌다. 하늘에서는 청이슬이 내리고 땅에서는 물이슬이 솟아올라 만물이 생겨났다. 하늘에서 옥황상제가 해 둘, 달 둘을 보내 이 세상이 광명

굿에 대한 민화

무당이 굿을 벌이고 있는 모습을 그린 것이다. 그림에서 색색의 신복이 고리짝에 담겨 있는데, 굿의 거리에 따라 갈아입는다.

세상이 되었으나 질서 없는 혼란스러운 세상이었다. 천지왕은 세상의 무질서를 바로잡을 걱정을 하다 아내를 맞기 위해 지상으로 내려왔다. 천지왕은 총명 부인을 만나 포악무도한 수명장자의 이야기를 듣고 그를 벌한다.

총명 부인은 아들 형제를 낳았는데 대별왕, 소별왕이었다. 형제는 아버지가 두고 간 박씨를 심어 금방 자란 박 줄기를 타고 하늘로 올라갔다. 천지왕은 꽃씨를 심어 꽃이 잘 피게 한 사람에게 이승을 주겠다고 약속한다. 대별왕의 꽃은 잘 피었지만 소별왕의 것은 피지 않았다. 소별왕은 자기 것과 형 것을 바꿔 놓았다.

소별왕은 인간 세상을 맡아 차근차근 혼란스러운 세상의 질서를 바로잡아 갔다.

하늘을 향해 함께 외치고,
홀로 마음을 읊조리고

고대 가요의 변모 과정 – 〈구지가〉, 〈공무도하가〉, 〈황조가〉

주술적 노래에서 서정적 노래로

장면1 : 전 세계적으로 사랑 받은 〈해리 포터〉에는 어린이들을 설레게 하는 수많은 마법 주문이 등장한다. 굳게 닫힌 문 앞에 선 해리, 헤르미온느, 론 삼총사. 호그와트의 우수생 헤르미온느는 당당하게 주문을 윈다.

"알로하 모라."

문이 열리자 거기에는 머리가 셋 달린 개 플러피가 있다. 삼총사는 혼비백산 도망친다.

장면2 : 루핀 교수님의 수업 시간. 교수님은 학생들에게 자신이 가장 무서워하는 것을 물리칠 때 외는 주문을 가르쳐 준다.

"리디큘러스!"

두려워하는 존재는 우스꽝스러운 모습으로 바뀌어 버린다.

〈해리 포터〉뿐이 아니다. 〈아리비안 나이트〉의 알리바바도 "열려라, 참깨!" 하고 주문을 윈다. 영화 〈여고 괴담〉 속 등장인물도 "분신사바, 분신사바." 하면서 주문을 윈다. 이렇게 소설이나 영화 속의 인물들만 주문을 외울까? 그렇지 않다. 우리도 일상생활 속에서 주문을 외곤 한다. 우리는 말도 하지 못하던 갓난아기 시절에 배가 고프면 울음을 터뜨렸다. 이 울음은 밥을 달라는 주문이나 마찬가지 아니었을까? 좀 더 자라서는 모래더미에 한 손을 넣고 다른 손으로는 모래를 두드리며 이런 노래를 불렀다.

두껍아, 두껍아
헌 집 줄게 새 집 다오.
두껍아, 두껍아
물 길어 오너라.
너희 집 지어 줄게.
두껍아, 두껍아
너희 집에 불났다.
쇠스랑 가지고
뚤레뚤레 오너라.

전래 동요

이 노래를 계속해서 몇 번 부르다 보면 어느새 모래 위에는 동굴 모양의 모래성이 만들어진다. 우리 할머니 할아버지도 이 노래를 부르며 모래성을 쌓았을 것이다. 이 노래는 모래성이 잘 만들어지기를 바라는 주문인 셈이었다.

이를 뽑았을 때도 "까치야, 까치야, 헌 이 줄게, 새 이 다오." 하면서 주문 같은 노래를 부르며 뽑은 이를 지붕에 던지기도 했다. 앞니 빠진 채 웃던 아이가 조금 더 자라면, "엄마가 섬 그늘에 굴 따러 가면 아기는 혼자 남아 집을 보다가……." 같은 노래를 불렀다.

이후 우리는 누군가의 이야기가 담긴 노래를 들으며 가슴이 찡해 오는 시기를 겪는다. 그러다가 사춘기가 되면 길거리에서 멋진 여학생이나 남학생과 마주칠 때 "난 반했어. 너에게 반했어!" 하며 자신의 절실한 감정을 노랫말로 표현하게 마련이다.

지금 남아 있는 대표적인 고대 가요는 주술적 노래에서 서정적 노래를 향해 가는 우리의 성장 과정과도 같다.

하늘을 향한 기원-〈구지가〉

주문 같은 노래, 주술적 노래의 역사는 참으로 길고 길다. 우리 할머니와 할아버지, 또 그 위의 할머니와 할아버지……. 이렇게 시간을 거꾸로 거슬러 올라가 보자. 그러다 보면 조선 시대, 고려 시대, 삼국 시대, 부족 국가 시대……. 오랜 옛날로 거슬러 올라가게 된다. 《삼국유사》 〈가락국기〉에 실린 〈구지가〉는 두꺼비를 부르며 주문을 외던 우리의 어릴 적 노래와 닮았다.

> 옛날 가락국의 김해에서 다음과 같은 일이 있었다. 마을 북쪽에 구지봉이라는 산이 있는데, 거기서 이상한 소리가 들려왔다. 마을 사람들이 구지봉으로 몰려가니 아무것도 보이지 않는데 사람 소리가 들렸다.
>
> "이곳에 사람이 있느냐, 없느냐?"

달려왔던 사람들 가운데 아홉 명의 족장이 무릎을 꿇고 하늘을 우러러 소리쳤다.

“예, 저희가 이곳에 와 있습니다.”

그러자 다시 하늘에서 소리가 들려왔다.

“내가 와 있는 곳이 어디냐?”

“바로 구지봉이라는 곳입니다.”

이렇게 대답하자 하늘에서 말했다.

“황천에서 내게 명령하시기를, 이곳에 가서 나라를 새롭게 하여 왕이 되라고 하셨다. 내가 일부러 이곳에 내려왔으니 너희는 마땅히 산꼭대기에서 흙을 파며 노래를 부르고 춤을 추어서 나를 맞이하도록 하라.”

그곳에 모인 추장과 마을 사람들은 이 소리를 듣고 땅에 엎드려 정성껏 빌고 하늘에서 가르쳐 준 노래를 부르며 춤을 추었다.

거북아, 거북아　　龜何龜何
머리를 내놓아라.　　首其現也
내놓지 않으면　　若不現也
구워서 먹으리.　　燔灼而喫也

사람들은 그 말을 듣고 다 같이 빌면서 춤을 추고 노래했다. 그러자 하늘에서 여섯 개의 상자가 내려왔는데, 모두 황금알이 들어 있었다. 10여 일 뒤에 하늘에서 내려온 알들이 사람으로 변했다. 그중 처음 나타난 사람이 수로왕이고 나머지 다섯 사람이 다섯 가야의 주인이 되었다.

《삼국유사》 〈구지가〉

노래의 해석이 있긴 하지만, 고개를 갸웃거리게 된다. '대체 이게 무슨 노래야?', '이렇게 단순한 시가 있나? 머리를 내놓지 않으면 구워 먹겠다고?', '우리가 어릴 때 부르던 두꺼비 노래하고 비슷하네. 대체 언제 불렸던 노래이기에 이럴까?' 등 많은 생각이 스쳐 간다.

옛 노래를 배울 때는 미리 알아두어야 할 점이 많다. 일단 무슨 뜻인지 알 수 없는 노래도 많기에 초보적인 독서의 단계도 거쳐야 한다. 그냥 읽어도 좋긴 하겠지만 아는 만큼 그 의미는 새로워지기 때문이다.

이 노래 〈구지가〉에는 다른 이름들이 있다. '영신군가(迎神君歌)', '영군가(迎君歌)', '가락국가(駕洛國歌)' 등의 제목이다. 임금을 맞는 노래, 가락국의 노래라는 의미인 셈이다. 이 노래를 지은 작가는 알 수 없고, 신라 유리

구지봉석

경상남도 김해시에 있는 작은 산봉우리 구지봉은 수로왕이 태어났다고 전해지는 곳이다. 이 지역을 다스렸던 족장의 무덤으로 추정되는 고인돌 구지봉석에는 조선 시대 명필 한석봉이 썼다는 '龜旨峰石'이라는 글자가 새겨져 있다.

왕 19년에 지어졌다는 이야기만 전한다.

배경 설화를 함께 읽어 보니 〈구지가〉에 담긴 의미를 새삼 알 수 있을 것 같다. 왕을 기다리는 사람들의 간절한 염원이 담겨 있고, 다 함께 모여 주문을 외듯 노래하는 사람들의 모습이 보이는 것 같기도 하다. 흙을 파면서, 즉 일을 하면서 그들은 자신들을 새로운 질서로 다스릴 왕을 기다렸는가 보다. 이제 좀 더 차근차근 정리해 보기로 하자.

1, 2행에서 "거북아, 거북아 머리를 내놓아라." 하고 노래한다. 1행의 '거북아, 거북아'라는 부름은 우리의 주의를 이끌어 낸다. 2행에서는 자신들이 원하는 바를 밝히고 있다. 즉 사람들의 기원이 담겨 있다. 거북의 머리를 내놓으라는 것이 바로 그들이 원하는 바이다. 거북이라는 동물은 옛날부터 신령한 존재였다. 거북과 용은 뛰어난 지도자나 왕을 상징하곤 했으며, 장수의 상징이기도 했다. 그래서 사람들은 거북의 머리를 내놓으라는 것이 왕의 강림을 기원하는 의미를 담고 있다고도 하고, 남성에게 사랑을 구하는 여성의 마음을 담았다고 보기도 한다. 어느 의미이건 이 구절에서 우리는 무언가를 원하는 사람들의 모습을 볼 수 있다.

3, 4행은 위협을 담고 있다. '머리를 내놓지 않으면 구워서 먹겠다.'라는 위협이다. 그러니까 1행에서는 거북이를 부르고, 2행에서는 원하는 바를 노래하고, 3행에서는 그러지 않았을 때를 가정하고, 4행에서는 그에 대해 위협을 하는 것이다.

그러고 보니 우리도 이와 비슷한 노래를 불렀다. "까치야, 까치야, 헌 이 줄게, 새 이 다오."라는 노래도 있고, "두껍아, 두껍아 헌 집 줄게, 새 집 다오."라는 노래도 있다. 이런 노래는 자신의 바람을 주문처럼 담고 있어 '주술적' 성격을 지닌 노래라고 한다.

운율도 살펴보자. 두 걸음 가고, 또 두 걸음 가는 듯한 2음보의 운율이다. 모래사장에서 모래를 투덕투덕 손바닥으로 치면서 부르던 〈두껍아, 두껍아〉의 운율과 똑같다. 이런 운율의 노래는 땅을 밟거나, 곡식을 털거나, 뭔가를 운반할 때 부르면 힘이 날 듯도 하다. 〈새야 새야 파랑새야〉, 〈달아 달아 밝은 달아〉 등 우리 민요나 동요에서 흔히 발견할 수 있는 운율이다. 물론 〈구지가〉는 한문으로 기록되어 있어서 어떤 식으로 불렸을지 정확히는 모르지만, 2음보의 민요적 운율에서 크게 벗어나지 않았을 것이다.

그리고 '사람들'이 노래한다는 점에도 주의를 기울여야겠다. 배경 설화에서 여러 사람이 노래했다는 설명이 있기도 하지만, 이 같은 노래는 당연히 여럿이 불렀을 것이다. '집단적 노래'인 것이다.

결론적으로 이렇게 정리할 수 있을 것 같다. 〈구지가〉는 뭔가를 기원하는 주술적 무가이고, 여러 사람이 집단적으로 불렀던 노래이며, 노동의 힘겨움을 덜어 주기도 했던 노동요의 성격도 갖고 있다. 그래서 이 노래의 문학사적 가치를 '지금까지 전하는 가장 오래된 집단 무요이며 노동요'라고 정리하고 있는 것이다.

물은 죽음이 되어 우리를 갈라놓네–〈공무도하가〉의 물

모두 함께 모여 춤을 추면서 부른 노래는 자신들의 염원을 담은 주술적 성격이 많았을 것이다. 그렇다면 개인의 감정을 담은 노래는 없었을까? 옛날에도 분명 만남과 이별이 있었고, 삶과 죽음, 기쁨과 슬픔이 교차했을 것이다. 이와 같은 인간 세상의 일을 노래한 짧은 시가들 중 현재까지 전하여 온 작품도 몇 편 있다.

고조선 때 흰머리의 미친 사람(백수광부) 아내가 불렀다는 〈공무도하가〉는 물을 통해 사랑과 죽음과 이별을 노래한 최초의 노래일 것이다. 이 노래는 중국 문헌에 전하는 것을 《해동역사》라는 역사책에 옮겨 놓아서 널리 알려졌다. 그 노래에는 이런 이야기가 함께 전한다.

조선에 곽리자고라는 뱃사공이 있었다. 어느 날 배를 손질하고 있는데 머리가 새하얀 미치광이 노인이 머리를 풀어 헤친 채 강물을 건너는 것이었다. 그 노인의 아내가 따라오면서 말려도 건너다가 마침내 물에 빠져 죽었다. 그 아내는 울면서 노래를 지어 불렀는데 그 소리가 아주 슬펐다.

임더러 물을 건너지 말래도	公無渡河
임은 건너고 말았네.	公竟渡河
물에 빠져 죽었으니	墮河而死
임을 언제 다시 만날고.	當奈公何

노래를 마치고 아내도 물에 빠져 죽었다.

《해동역사》 〈공무도하가〉

뱃사공은 집에 돌아와 자기 아내 여옥에게 그 이야기를 들려주었고, 여옥이 노래를 다시 불렀다. 공후를 타면서 부른 노래라고 해서 〈공후인〉이라고도 불렀다. 가사만 남아 있는 이 노래는 〈공무도하가〉라 부르는 것이 옳을 것이다.

이 노래를 음미하다 보면 물가를 향해 머리를 풀어 헤친 채 달려가는 한 남자와 그 뒤를 애타게 따라가 울부짖는 여인의 모습이 눈에 그려지는 듯하다.

학자들은 백수광부는 '술의 신'이며 그의 아내는 '음악의 신'이라 해석하기도 한다. 백수광부는 무당이며 고조선이 국가 체계를 확립하면서 무당으로서 자기 위치를 잃고 좌절해 가는 모습을 그렸다는 견해도 있다. 어떤 사람은 삶의 곤궁함에 시달리다 죽음을 택한 고난받는 민중이 아닐까 하고 생각하기도 한다. 어떻게 해석하든 애절한 이별의 상황은 달라지지 않는다.

1행에서 사랑하는 임은 물을 건너기 위해 달려가고, 그것을 애타게 말리는 여인이 있다. 나의 사랑을 거부하지 말라는 안타까운 외침인 듯 느껴진다. 2행에서 임은 물을 건너고야 만다. 그 행위는 두 사람이 이 세상에서 이루었던 사랑의 종말을 고하는 듯하다. 물을 건너는 행위는 간절한 사랑의 만류를 뿌리치고 이별의 상황을 만들어 내는 임의 몸짓이다.

3행에서 물은 마침내 임을 집어삼키고 죽음에 이르게 한다. 물은 사랑을 가로막고 임을 죽게 만들었으며, 그로 인해 영원한 이별을 맞도록 했다. 마지막 행에 '물'이라는 언급은 없으나 슬픔의 눈물처럼 강물이 흐를 것만 같다. 이렇게 '물'은 충만한 사랑과 이별, 죽음의 이미지로 변모하면서 애절함과 안타까움을 고조시킨다. 분명 여인은 물가에서 눈물을 흩뿌리며 흘러가는 강물을 바라볼 것이다.

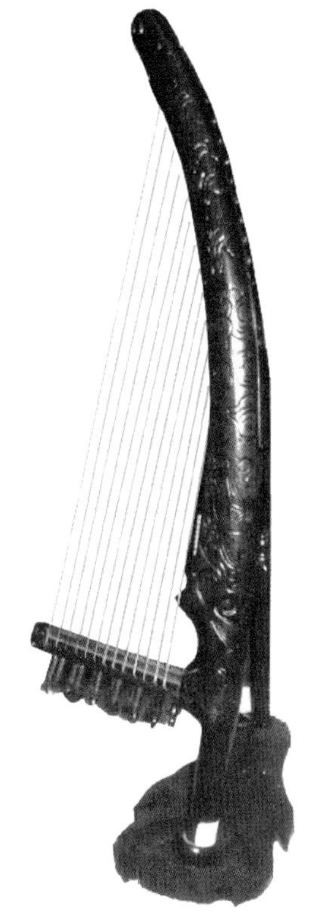

공후
서양의 하프와 비슷한 고대 동양의 현악기이다.

새를 보며 자신의 마음을 노래하다 – 〈황조가〉

〈공무도하가〉가 서민층에서 지어졌다면, 〈황조가〉는 왕이 지은 노래이다. 이 노래를 지은 사람은 고구려 제2대 왕인 유리왕이라 한다.

유리왕은 왕비 송씨가 죽은 뒤 화희와 치희를 아내로 맞았는데, 평소 두 아내는 사이가 좋지 않았다. 하루는 유리왕이 없을 때 두 여자가 다툰 끝에 치희가 자기 고향인 한나라로 돌아가 버렸다. 유리왕이 애타게 찾아갔지만 치희는 마음을 돌리지 않았다. 궁으로 돌아오던 길에 유리왕은 정답게 날고 있는 한 쌍의 꾀꼬리를 보고서 서글픈 마음에 이런 노래를 지었다.

펄펄 나는 저 꾀꼬리 翩翩黃鳥
암수 서로 정다운데 雌雄相依
외로운 이내 몸은 念我之獨
뉘와 함께 돌아갈꼬. 誰其與歸

《삼국사기》 〈황조가〉

날아다니는 꾀꼬리에 자신의 감정을 담아 표현했다. 일종의 감정 이입인 셈이다. 이루지 못한 사랑의 아픔과 외로움을 노래한 것이다. 풍년을 기원하며 춤추고 외치는 노래, 왕을 내려 달라는 기원을 담아 부르는 주술적 노래에서 이처럼 자기감정을 담아낸 시가가 생겼으니, 문학은 조그만 싹이 자라 꽃을 피우기 시작한 것이다.

한 번 읽어 보아도 이 노래에 슬픔이 담겨 있음을 느낄 수 있다. 〈구지가〉와 달리 시적 자아의 개인적 감정이 오롯이 담겨 있는 노래이다. 그저 자신의 슬픔을 직설적으로 토해 낸 것이 아니라, 즐겁게 나는 꾀꼬리를 노래함으로써 자신의 슬픔을 더욱 강조해 보여 주고 있다. 단 4구로 된 시이지만 깊이 들여다보면 더 많은 생각과 느낌이 새록새록 솟아난다.

첫 구(첫 행)는 활기차게 날아다니는 꾀꼬리를 노래한다. 펄펄 나는 꾀꼬리들의 모습이 눈에 보이는 듯 그려지고 있다. 2행은 그 꾀꼬리들의 구체적 상황을 이야기한다. 한 마리도 여러 마리도 아닌 두 마리의 꾀꼬리. 그 모습을 보며 시의 화자는 '아, 정답구나.' 하는 생각을 한다. 배경 설화에 따르면, 유리왕은 사랑하는 여자가 화를 내고 분노하며 마음을 돌리지 않는 상황 속에서 나무 밑에 앉아 있다. 마음속에 밀려드는 슬픔과 안타까움을 주체하지 못하면서. 그때 정답게 날고 있는 꾀꼬리를 바라보게 된다. 왕은 치희와의 만남과 즐거웠던 시간들을 떠올릴지도 모른다. 뒤따라가면서 가졌던 기대와 희망을 생각할 수도 있다. 그 두 마리 새의 모습은 큰 부러움을 불러일으킬 것이다.

3, 4행에서 시인은 자신의 처지를 돌아본다. 꾀꼬리의 정다운 모습을 보며 자신을 돌아보니 자신의 처지가 너무나 외롭다. 그래서 한탄하는 것이다. 자신은 누구와 돌아갈 것인가를, 자신의 고독을 뼈저리게 느끼며.

우리는 때로 다른 사람의 기쁨을 보며 나의 슬픔을 깊이 느끼고, 다른 사람의 아름다움을 통해 나의 추함을 되돌아본다. 다른 사람들이 서로 친밀하게 지내는 모습을 통해 나의 외로움을 느끼기도 한다. 비교를 통한 진실의 깨달음이라고 할까. 자신이 아름답지 못한 것을 마음에 두고 있는 사람이 정말 아름다운 사람을 만날 때 부끄러움과 슬픔을 느끼는 것처럼.

1, 2행과 3, 4행은 그 의미에 있어 분명한 대립을 보여 주고, 그로써 시인의 외로움을 극명하게 드러낸다. 1, 2행이 펄펄 나는 꾀꼬리로 표현된 외

부 세계라면 3, 4행은 외로움으로 정리할 수 있는 시인의 세계이다. 1, 2행이 밝음과 활기라면 3, 4행은 침울함과 고요함이다. 그 푸덕이는 날갯짓과 가만히 그것을 바라보는 시인의 고요한 눈은 분명 대비되고 있다.

옛사람들도 이렇게 자기감정을 표현했구나, 그들도 사랑하고 사랑의 아픔을 느끼며 외로워했구나 하는 생각에 오랜 세월을 건너 우리에게 다가온 이 시가 새삼 소중하게 여겨진다.

한 가지 덧붙이자면, 이 시를 유리왕의 작품으로 보지 않는 견해도 있다. 민간에서 불리던 민요가 유리왕 이야기 속에 들어갔을지도 모른다고 추측하는가 하면, 치희와의 이별이 계기가 된 것이 아니라 왕비 송씨가 죽은 뒤에 지은 것이라고 보는 사람도 있다. 그러나 어떤 견해가 옳고 그르냐를 따지는 것은 의미가 없다. 지금까지 전하는 시 중 가장 오래된 서정시로서 사랑의 슬픔을 노래했다는 점, 정다운 새들의 모습을 보며 자신의 쓰디쓴 외로움을 담아냈다는 점, 그리고 그 슬픔이 2천 년 세월을 지난 지금 우리에게도 전해진다는 점이 바로 이 시가 우리에게 주는 진정한 의미가 아닐까.

생각의 갈피를 찾는 물음

1 〈구지가〉-〈공무도하가〉-〈황조가〉로 이어지는 고대 가요는 어떤 식으로 변하는가?

2 고대 가요의 변모 과정과 우리의 성장 과정에서 공통점을 찾아본다면?

한 걸음 더! 우리 문학 속으로

〈해가사〉

거북아 거북아 수로를 내놓아라.

남의 부녀 빼앗아 간 죄 얼마나 큰가.

네 만일 거역하여 내놓지 않는다면

그물로 잡아 구워 먹으리라.

이 노래는 《삼국유사》 권2 〈수로부인 水路夫人〉에 배경 설화와 함께 실려 전한다. 〈구지가〉의 모방작으로 일컬어지는 〈해가사 海歌詞〉는 신라 성덕왕 때 불린 노래이다. 〈구지가〉와 같은 주술적 노래로서 〈구지가〉가 오랜 세월 동안 민간에 구비 전승되었음을 알 수 있게 한다.

거기엔 사랑과 노동,
주술의 세계가 있었네

주술적 성격을 지닌 향가 – 〈서동요〉, 〈풍요〉, 〈헌화가〉, 〈혜성가〉, 〈처용가〉

신라의 노래, 향가

향가 〈서동요〉를 배우는 국어 시간, 고대 국어를 배우며 아이들이 한자의 음과 뜻을 활용해 친구들의 별명을 짓고 있다. 선생님께서는 옛날에는 우리 글자가 없었기 때문에 한자로 우리말을 표기할 수밖에 없었다는 이야기도 들려주셨다.

"네 별명은 족취(足臭)야."

"족취?"

"발 족 자에 냄새 취 자를 합친 거지."

"뭐 발 냄새라고?"

"한자의 뜻을 빌려 네 별명을 지은 거야."

"그래, 네 별명은 양아치(洋雅治)다. 바다 양, 우아할 아, 다스릴 치. 바다처럼 넓고 우아하며, 세상을 다스리는 멋진 사람이라는 소리지."

그러나 양아치란 별명을 들은 그 친구는 또다시 복수전을 펼친다.

친구는 소리를 내지 않고 칠판에 '骨凜'이라고 써 내려갔다.

"너는 기골이 장대하고 늠름한 사람이야. 뼈 골 자에 늠름할 늠(름) 자를 썼어."

"뼈늠름? 골름? 골룸!"

골름이라 불린 아이는 얼굴이 붉으락푸르락 어쩔 줄을 모른다.

한자의 음과 뜻을 빌려 친구를 약 올리는 일은 여기서 멈추지 않았다. 골름이라 별명 붙은 친구는 옥편을 뒤져 가며 다음과 같은 긴 문장을 써 놓았다.

"**洋雅治**隱他密只**美順**乙嫁良置古……."

"진하게 쓴 글씨는 고유명사야. 크크크, 모르겠으면 〈서동요〉를 봐. 〈서동요〉 한 부분도 따왔거든."

'숨을 은, 남 타, 몰래 밀, 어조사 지, 새 을, 시집갈 가, 어질 양, 둘 치, 옛 고…….'를 해석하자면, '양아치는 남몰래 미순을 얻어 두고(결혼을 해 두고)…….'가 된다.

이렇게 해서 아이들은 이두* 표기를 넘어선 향찰* 표기의 실체를 알았고, 향가라는 노래가 어떤 식으로 표기되었는지를 이해했다. 향찰 표기는

- **이두** 넓은 의미로는 향찰과 구결 등을 모두 포함한, 한자를 빌려 우리말을 표현하는 문자 체계 전체를 가리킨다. 좁은 의미로는 한자를 국어 문장 구성법에 따라 고치고 토를 붙인 것을 말한다.
- **향찰** 한자의 음과 뜻을 빌려 우리말을 표현한 문자 체계.
- **구결** 한문 문장의 이해를 돕기 위해 구절이 끝나는 곳에 끼워 넣던 우리말의 문법 요소.

단순하게 한자의 음과 뜻을 빌리는 것이 아니라, 의미를 지닌 부분은 한자의 뜻을 빌리고 조사나 어미 같은 부분은 한자의 음을 빌린 체계적인 표기 방법이다. 이렇게 향찰로 표기된 신라 시대의 노래인 향가를 읽다 보면, 향가는 인생살이의 곡절을 담은 노래, 불교적 성격을 지닌 노래, 나라의 안위를 기원하는 노래, 재앙을 물리치는 주술적 노래라는 점을 알게 된다.

향가는 신라 시대의 노래이지만 고려 시대까지도 지어졌다. 물론 우리가 즐겨 읽는 향가들은 모두 신라 시대의 노래이다. '향가'라는 명칭은 중국의 노래에 대한 우리 노래라는 의미로 사용되었다. 향가는 '사뇌가', '사내가', '도솔가'로도 불린다. 그 형식은 네 줄로 된 4구체, 여덟 줄의 8구체, 열 줄의 10구체가 있다. 그중 10구체 향가가 가장 작품성이 뛰어나며, 예술적으로 완성된 형태라 할 수 있다. 4, 8, 10구체 향가라 하지 않고 두 줄 향가, 네 줄 향가, 다섯 줄 향가로 보기도 한다.

향가의 작자층은 매우 다양하였으나 주로 승려와 화랑이 많았다. 888년에 각간 위홍과 대구 화상이 《삼대목 三代目》이라는 향가집을 편찬하였다는 기록으로 미루어 당시에는 퍽 융성했던 것으로 보인다. 향가는 고대 가요의 집단성이나 주술성에서 많이 벗어났고, 사랑 노래와 인물을 흠모하는 노래 등 다양한 내용이 있지만, 여전히 개인의 서정보다는 그 시대와 국가의 관심사를 담아냈다.

사랑을 이루기 위해-〈서동요〉

〈서동요〉라는 작품이 낯설지는 않을 것이다. 서동과 선화 공주의 사랑을 그린 드라마가 몇 년 전 텔레비전에서 방영되기도 했으니까 말이다. 노래한 편과 그에 얽힌 설화 한 자락을 소재로 하여 만남과 사랑, 이별과 시련이 어우러지는 긴 드라마를 만들어 내는 사람들의 상상력은 정말 감탄할 만하다.

〈서동요〉는 신라 제26대 진평왕 때 백제의 무왕이 지었다는 4구체 향가로, 전래 민요에서 유래하여 향가로 정착된 가장 오래된 작품이다. 백제의 무왕이 서동이라고 불리던 어린 시절, 신라의 선화 공주를 아내로 맞기 위해 지어 부른 노래라는 배경 설화가 《삼국유사》에 전한다.

백제 제30대 무왕의 어머니는 홀몸이 되어 서울 남지가에 집을 짓고 살다가 지용(연못의 용)과 통하여 낳은 아들이 바로 무왕인데, 어렸을 때의 이름은 서동이었다. 기량이 측량키 어렵고 늘 감자를 캐어 팔아서 가계를 삼았으므로 사람들이 서동이라 불렀다. 그러한 가운데 신라 진평왕의 셋째 딸인 선화 공주가 재색이 무쌍하다는 소문을 서동이 듣고는 머리를 깎고 신라 서울로 와서 아이들에게 감자를 주어 어울리며 낯이 익어진 뒤에는 스스로 노래를 지어 아이들에게 가르쳐 부르게 하였다.

이 노래가 삽시간에 서울에 펴져서 대궐까지 들어갔다. 대신들은 왕께 극히 간하여 공주를 멀리 귀양 보내기로 하였다. 공주가 떠나려 할 때 왕후는 순금 한 말을 주어 보냈다 한다. 공주가 귀양지로 가다 도중에 서동이 나와 절하고 돌보며 가니, 공주는 그가 어디서 온 사람인지는 모르나 흡족히 여겨서 그냥 두었다.

이리하여 함께 가는 도중에 드디어 서동의 소원이 성취되었는데, 공주는 서동의 이름을 듣고 "동요가 현실이 되었다." 하였다 한다.

선화 공주니믄 (선화 공주님은)　　善花公主主隱
ᄂᆞᆷ그ᅀᅳ지 얼어 두고 (남몰래 결혼해 두고)　　他密只嫁良置古
맛둥방ᄋᆞᆯ (맛둥 도련님을)　　薯童房乙
바ᄆᆡ 몰 안고 가다. (밤에 몰래 안고 가다.)　　夜矣卯乙抱遣去如

《삼국유사》 〈서동요〉

향찰로 표기된 이 노래가 당시 우리말로 어떻게 불렸는지 분명하게 알 길은 없다. 대표적인 향가 연구자인 양주동, 김완진의 해석에 따라 짐작할 뿐이다.

이 노래에 관한 한 여러 견해가 있다. 《삼국유사》에 실린 배경 설화 내용을 그대로 받아들여 '무왕의 이야기'로 보는가 하면, 서동을 백제 동성왕의 이름으로 보고 그가 신라 여인과 혼인했던 사실을 근거로 '동성왕의 이야기'를 극화했다고 보는 견해도 있다. 또한 백제 익산 미륵사의 연기설화(緣起說話)에도 서동 이야기와 비슷한 점이 있다는 것을 근거로, 왕실의 절이라 할 수 있는 미륵사를 신라의 군졸로부터 보호하고자 백제와 신라가 과거부터 깊은 관계가 있었음을 꾸미기 위해 퍼뜨린 것으로 보는 견해도 있다. 어떤 것이 이 노래의

미륵사지 석탑
전라북도 익산 미륵사 터에 남은 탑. 우리나라 석탑 가운데 가장 오래되었다. 미륵사는 〈서동요〉에 얽힌 사랑 이야기를 담고 있는 절이다.

실제 배경인지는 알 수 없다. 《삼국유사》 실린 노래와 배경 설화로 미루어 노래의 이모저모를 짐작할 수밖에.

〈서동요〉는 지금 우리가 부르는 노래와 시처럼 눈에 띄는 표현이나 자기감정의 표현은 없고, 단순하기까지 하다. 그런데도 마음이 찡한 감동이 오지 않는가? 자신의 바람을 담아 노래를 부르고, 그 노래가 퍼져 아이들의 노래로 널리 불리고, 그 마음이 결국은 선화 공주에게 전해져 서동은 자기 소원을 이룬 셈이다. 왕이 되기 전 미천한 신분의 서동이 한 나라의 공주를 사모하고, 결국은 결혼에 이르는 계급을 뛰어넘는 사랑이 감동적이다.

거기엔 삶이 있었네–〈헌화가〉

우리의 삶 속에는 노동이 있고 휴식이 있으며, 기쁨이 있는가 하면 설움도 있다. 삭막한 일상이 있는가 하면, 멋들어진 낭만의 세계도 있다. 신라의 향가는 그 시대 사람들의 소박한 삶의 면면을 잘 담아내고 있다. 일하면서 부른 노래인 〈풍요〉가 그렇고, 꽃을 꺾어 여인에게 바치는 낭만적인 노래 〈헌화가〉가 그렇다.

오다 오다 오다
오다 서럽더라.
서럽다 우리네여
공덕 닦으러 오다.

〈풍요〉

〈풍요〉는 석량지라는 승려가 지어 불렀다고 한다. 그는 선덕왕 때의 사람으로 신기를 지닌 승려였다. 글도 잘 짓고, 예술적 재능도 있었다. 영묘사의 여러 불상과 조각품을 만들기도 했다. 〈풍요〉는 내용을 정확하게 알 수 없으나, 불심을 담아 부른 노동요라고 할 수 있다. 서러운 인생이니 공덕을 닦으러 오라는 의미로 해석해 보아도 좋을 듯하다.

〈헌화가〉는 《삼국유사》 권2 〈수로부인〉 조에 실려 있다. 성덕왕 때 순정공이 강릉 태수로 부임하러 가던 중 바닷가에 이르렀다. 옆에 돌산이 병풍처럼 바다를 둘러 있고 그 높이는 천 길이나 되는데, 맨 꼭대기에 진달래꽃이 흐드러지게 피었다. 공의 부인 수로가 꽃을 보고서 꺾어다 주기를 바랐지만 모두가 어렵다고 했다. 그때 암소를 끌고 지나가던 한 노인이 그 꽃을 꺾어 부인에게 바치며 노래를 지어 불렀다. 그 노인이 누구인지는 아무도 몰랐다고 한다.

> 짙붉은 바위가에
> 잡은 암소를 놓게 하시고
> 나를 부끄러워하지 않으신다면
> 꽃을 꺾어 바치오리다.
>
> 〈헌화가〉

〈헌화가〉의 지은이라 알려진 소 끌고 가던 노인은 누구일까? 그는 어떻게 험한 바위를 타고 올라가 꽃을 꺾어 바쳤을까? 이 노래에 담긴 의미가 무엇이기에 《삼국유사》에 실려 전하는 것일까? 수로 부인이 갖기 원했던 꽃의 의미를 꼭 진달래꽃 자체로만 보아야 할까? 사람들이 갖고 있는 높은 바람 같은 것으로 생각해 볼 수는 없을까? 비범한 한 노인이 나타나 거의 신령스러운 몸짓으로 우리가 원하는 것을 이루어 주고 홀연 사라졌다고 생각해 보면 어떨까?

4구체 혹은 두 줄 향가라 불리는 〈서동요〉, 〈풍요〉, 〈헌화가〉는 민요 계통의 향가로 전해진다. 그리고 그 노래들은 모두 어떤 '바람'을 담아낸다. 사랑을 이루기 바라고, 서러운 인생을 극복하기 바라고, 저 높이 있는 꽃을 갖기 바란다. 그 바람이 조금씩 다른 방식으로 이루어지지만 우리가 삶 속에서 바라는 것들이 담긴, 그리고 어떤 식으로든 그 바람을 채워 주는 노래들이 아닌가?

숱한 재앙에서도 백성을 평안하게-〈혜성가〉, 〈처용가〉

질병, 전쟁, 정치의 혼란 등 우리 삶을 힘겹게 하는 이런 문제들이 향가에는 참 골고루 담겨 있다.

〈혜성가〉는 진평왕 때 승려 융천사가 지었다. 화랑 셋이 금강산에 놀러 가려 할 때 혜성이 나타나 심대성(心大星, 북극성)을 범하였다. 흔히 북극성은 왕을 상징하는 별인데, 그것을 혜성이 침범하니 화랑들은 불길한 징조라 여겨 금강산에 가는 것을 그만두려 했다. 이때 융천사가 노래를 지어 혜성을 사라지게 하자, 당시 신라를 침범했던 왜병도 물러갔다. 왕은 화가 변하여 복이 되었다고 기뻐하며 화랑들에게 금강산에 놀러 가 마음껏 즐기도록 했다. 자연 현상과 연관된 국가의 위기 상황이 주술적 노래를 통해 해결되었다. 이처럼 〈혜성가〉는 향가가 지니는 주술적 성격, 국가적 성격을 보여 주는 노래이다.

옛날 동해 물가에 건달바(신기루)가

어리던 성(城)을 바라보고

왜군이 왔다고

봉화를 올린 일이 있었다.

삼화(세 화랑)가 산 구경 간다는 소식을 듣고

달도 부지런히 밝히려는 가운데

길을 쓸고 있는 별들을 바라보고

혜성이여, 하고 말한 사람이 있었다.

아아, 달 아래로 떠나갔더라.

이에 어울릴 무슨 혜성이 있을까?

〈혜성가〉

향가 중에는 백성들을 질병에서 벗어나게 하는 노래도 있다. 헌강왕 때 지어진 〈처용가〉가 그렇다.

처용은 동해 용왕의 아들이다. 일찍이 헌강왕이 바닷가에서 잠시 쉴 때 구름과 안개가 일어 천지를 분간할 수가 없었다. 용의 조화라는 일관의 말에 왕은 용을 위하여 근처에 절 하나를 세우게 했다. 그리고 자신의 일곱 아들 중 한 명인 처용을 임금에게 보내 정치를 돕게 했다. 왕은 처용에게 아리따운 아내를 주고 벼슬을 내렸다.

처용의 아내는 빼어난 미인이어서 역신(열병을 일으키는 귀신)조차 그를 사모했다. 어느 날, 사람 모습으로 변장한 역신이 처용의 아내 방에 들어가 함께 잠을 잤다. 처용이 밖에 나갔다 돌아와 방에 들어와 보니 아내와 웬 남자가 함께 자고 있었다. 이에 처용은 노래를 부르며 춤을 추었다. 그

때 부른 노래가 〈처용가〉이다. 분노하지도 않고 노래를 부르는 처용의 모습에 감복한 역신은 처용 앞에 무릎을 꿇었다. 앞으로는 처용의 얼굴 그림만 보아도 결코 들어가지 않겠노라 맹세하면서. 그때부터 처용의 화상을 문간에 붙여서 역신의 해를 피하는 풍속이 생겼다.

서울 달 밝은 밤에
밤늦도록 노닐다가
들어와 자리 보니
다리가 넷이로구나.
둘은 내 아내의 것인데
둘은 뉘 것인가.
본디 내 것이지만
빼앗은 것을 어찌할 것인가.

〈처용가〉

이 작품을 표면적 내용만으로 이해한다면 아내를 잃은 탄식과 슬픔 또는 체념의 정서를 읽게 될 것이다. 그런데 배경 설화와 함께 읽는다면 다른 면을 볼 수 있다. 역신은 분노하지 않는 처용에게 감복한다. 단순한 슬픔이나 탄식 또는 체념은 아니다. 역신을 감동하게 만든 것은 무엇일까? 그것은 삶의 우여곡절을 뛰어넘는 달관의 자세일 것이다. 처용은 "왜, 내 아내 빼앗았어, 이 나쁜 놈." 하고 아우성치며 역신에게 달려들지도 않는다. 춤을 덩실덩실 추며 노래한다. 조금 거리를 두고 자기 삶을 바라보는 달관의 자세가 오히려 역신을 물리치게 만든 것이다.

처용무

조선 숙종 때 그려진 계화(주로 궁궐의 건물이나 행사 등을 그린 그림) 속의 처용무. 처용무는 처용 설화에서 비롯한 춤이다. 처용의 형상은 액을 막는 지킴이로 사용되었다.

이와 함께 향가의 주술적 성격을 다시 확인할 수 있다. 춤추고 노래를 불러 역신을 쫓아낸 처용의 행동은 굿을 하는 무당의 모습과 같다. 즉 처용의 아내가 열병에 걸려 역신이 찾아온 상황인데, 처용은 역신을 퇴치하기 위해 춤추고 노래를 부르는 굿거리를 한 셈이다. 옛사람들은 열병에 걸린 사람에게는 역신이 찾아와 그 사람의 잠자리에 함께 있다고 여겼기 때문이다. 처용의 그림만 보아도 들어오지 않겠다는 역신의 약속은 악귀를 물리치는 부적의 시작으로 볼 수 있다.

삶의 수많은 문제를 풀어낸 향가

향가는 해결사일까? 몇 편의 향가를 읽으면 많은 문제가 향가로 해결되거나 향가가 해결의 과정을 담고 있다는 생각을 하게 된다. 〈서동요〉는 서동의 짝사랑을 이루게 했다. 훗날 왕이 되기는 하지만 마를 캐서 파는 보잘것없는 총각과 공주의 사랑을 완성시켰다. 게다가 설화의 뒷부분을 보니 황금을 발견하고 왕이 되며, 나라의 안위를 지켜 줄 절도 짓는다.

〈풍요〉는 노동요의 성격을 지니지만, 공덕을 닦아 서러운 인생을 극복할 수 있다는 의미를 담아내는 듯하다. 〈헌화가〉는 절벽 높은 곳의 꽃을 꺾어 바친 노인의 노래였고, 〈혜성가〉는 혜성을 물리치고 왜병도 물러가게 한 신령한 노래 아닌가. 〈처용가〉는 질병을 일으키는 귀신조차 감복시켜 물러가게 한 노래이다.

'문학이 대체 무엇을 할 수 있어?', '문학을 하면 밥이 나오나, 병이 낫나?', '문학이란 몽상가들의 허황된 짓거리 아닌가?' 같은 물음을 향가에 던질 수 없다. 향가는 삶 속의 숱한 문제를 풀어 간 노래였다. 행복한 결말, 위안, 재앙을 물리칠 수 있다는 믿음을 두루 준 노래였던 것이다.

우리의 바람이 노래로써 이루어질 수 있다면, 우리는 밤낮으로 그 노래를 부를지 모른다. 신라인들이 향가를 부른 이유였을 것이다.

생각의 갈피를 찾는 물음

1 우리말을 표기하기 위해 한자의 음과 뜻을 빌렸던 향찰 표기의 특징을 정리해 보자.

2 향가는 일종의 '국민가요'라 일컬어질 만하다. 어떤 점에서 그러한지 생각해 보자.

〈안민가〉

임금은 아버지요
신하는 사랑을 주시는 어머니요
백성은 어린 아이라고 한다면
백성이 사랑받음을 아실 것입니다.
꾸물거리며 구차히 사는 백성들
이들을 배불리 먹이고 다스려
이 나라를 버리고 어디로 갈 것인가 한다면
나라 안이 다스려짐을 알게 될 것입니다.
아아, 임금답게 신하답게 백성답게 할 것이면
나라 안이 태평할 것입니다.

경덕왕 때의 승려 충담사가 지은 향가이다. 이 작품에는 다음과 같은 배경 설화가 전한다.

3월 삼짇날, 왕이 좌우에 있는 사람들에게 이르기를, "누가 길에 나서서 훌륭하게 차린 중 하나를 데려올 수 있겠느냐?" 하였다. 그때 마침 깨끗하고 점잖게 차린 중이 오기에 그를 데려왔다. 왕은 자신이 원한 바는 그것이 아니라며 돌려보냈다. 또 한 중이 옷을 기워 입고 벚나무로 만든 통을 지고 남쪽에서 오고 있었다. 왕이 그를 기쁘게 맞아들였다. 그가 바로 충담사였다. 왕은 충담사가 다린 차를 마셨는데, 차 맛이 희한했고 묘한 향기도 났다. 왕이 말하기를, "내가 일찍이 듣건대 대사의 기파랑을 찬양한 사뇌가는 그 뜻이 심히 높다고 하는데 과연 그런가?" 하였다. 이에 충담사가 "네, 그렇습니다." 하였다. 왕이 다시 말하기를, "그러면 백성이 평안히 살도록 다스리는 노래를 지으라." 하였다. 충담사가 그 당장 노래를 지어 바치었더니 왕이 잘 지었다고 칭찬하고 왕사를 봉하였다. 충담사는 그 벼슬을 극구 사양하고 받지 않았다.

연화 좌대

충담사가 해마다 차를 달여 남산 삼화령 부처님을 공양했다는 곳이다. 충담사가 경덕왕에게 이 차를 올리면서 〈안민가〉를 지어 바쳤다고 한다.

〈도솔가〉

오늘 여기 산화가를 불러
뿌리는 꽃이여, 너는
곧은 마음의 명(命)을 받들어 심부름하는 까닭에
멀리 도솔처의 미륵님을 모시는구나.

경덕왕 때 두 개의 해가 나타나서 열흘이 되도록 없어지지 않았다. 일관이 말하기를, "인연이 있는 스님을 청하여 산화 공덕을 지으면 재앙을 물리치리이다." 하였다. 그래서 제단을 차려 놓고 임금이 나가 앉아 기다리는데, 마침 월명사가 지나갔다. 월명사가 아뢰기를, "저는 다만 화랑의 무리에 속하여 있기 때문에 오직 향가만 알 뿐이고, 범패 노래는 아직 못합니다." 하였다. 임금이 말하기를, "이미 인연 있는 스님이 되었으니 향가를 쓰더라도 괜찮다." 하자, 월명사는 〈도솔가〉를 지어 불렀다고 한다.

사라지는 것에 대한 그리움

죽은 이를 추모하는 향가 작품 – 〈모죽지랑가〉, 〈찬기파랑가〉, 〈제망매가〉

사라지는 것은 아쉽고 그립다

좋아하는 친구들과 즐거운 시간을 보내고 이제 집에 가야 할 시간이 되어 헤어질 때, 왠지 마음이 허전해진 적이 있을 것이다. 그중에 혹시라도 마음에 둔 이성 친구라도 있다면, 그의 뒷모습이 멀어져 갈수록 가슴이 싸하게 시려 오는 느낌을 갖기도 했을 것이다. 사라지는 그의 모습은 아름답고 아쉽고 그리운 대상이다.

하늘의 노을은 또 어떤가. 말할 수 없이 아름답다. 태양은 서편으로 지기 전에 찬란한 자신의 자취를 남기듯, 아쉬움으로 눈물짓는 듯 붉게 하늘을 물들인다. 그래서인가? 한용운 시인은 "연꽃 같은 발꿈치로 가이없는 바다를 밟고 옥 같은 손으로 끝없는 하늘을 만지면서 떨어지는 해를 곱게 단장하는 저녁놀은 누구의 시(詩)입니까?"라고 노래했다. 한용운 시인뿐이 아니다. 많은 시인이, 대중가요 작사가들이 저물어 가는 하루를 아름답게 장식하는 노을에 대해 이야기했다.

평생을 불도에 정진했던 큰스님들이 세상을 떠날 때, 훈훈한 인정을 가르쳐 준 어른들이 세상을 떠날 때, 아직 열정과 패기가 넘쳐 우리를 잘 가르쳐 주실 만한 선생님이 나이 때문에 또는 다른 이유로 학교를 떠날 때……. 우리는 아쉬움과 그리움으로 그들의 뒷모습을 바라본다.

향가 〈모죽지랑가〉, 〈찬기파랑가〉, 〈제망매가〉에서도 우리는 이런 아쉬움을 발견하게 된다. 세 편의 향가는 모두 세상을 떠난 사람에 대한 그리움과 안타까움을 다루었다. 신라의 향가로 남아 있는 작품은 모두 11편이다. 그중 죽은 이에 대한 추모의 마음을 담거나, 그 뜻을 기리는 향가는 위의 세 작품과 〈원왕생가〉뿐이다. 3분의 1이 넘는 작품이 죽은 이를 향한 추모의 시인 셈이다. 그러한 추모의 마음은 인간이라면 기본적으로 가질 수밖에 없는 감정이다. 그러나 유독 향가 작품에 추모의 내용이 많은 까닭은 무엇일까?

간 봄을 그리워하며–〈모죽지랑가〉

〈모죽지랑가〉를 살펴보자. 신라 효소왕 때 득오가 지은 8구체 향가이다. 추모의 대상이 되는 죽지랑은 화랑이었다. 득오 역시 화랑으로 죽지랑에게 도움을 받은 적이 있으며, 그의 인격을 흠모했다.

> 간 봄을 그리워함에
> 모든 것이 서러워 시름하는구나.
> 아름다움 나타내신
> 얼굴에 주름살이 지려 하는구나.
> 눈 깜박할 사이에

만나 뵈올 기회를 지으리이다.

낭이여, 그리운 마음의 가는 길,

다북쑥 우거진 마을에서 잠을 잘 수 있는 밤도 있으리이까.

〈모죽지랑가〉

현대어 풀이를 읽어도 무슨 뜻인지 아리송하다. 득오라는 지은이는 무슨 이야기를 하려 한 것일까? 다시 찬찬히 읽어 보자.

시의 화자는 지나간 봄을 그리워하며, 모든 것이 울면서 슬퍼한다고 노래한다. 지나간 봄은 죽지랑이 살아 있을 때를 뜻하며, 봄처럼 찬란한 젊은 시절이라 볼 수도 있다. 좀 더 확대해 보면, 화랑이 그 뜻을 펼치던 시절이라고도 할 수 있지 않을까. 그 봄이 가 버렸다는 것은 죽음이 그를 떠나게 했다, 청춘을 잃고 늙어 죽음에 이르게 되어 안타깝다, 이제는 화랑의 영향력과 의기에 가득한 정신이 쇠퇴하고 몰락했다 등의 의미가 아닐까.

이어 화자는 늙음에 대해 한탄한다. 아름다움을 나타내신 얼굴은 죽지랑의 얼굴뿐이 아니라 그의 인품과 덕성 모든 것이리라. 그러면서 그는 눈 깜박할 만큼 빠른 시간 안에 죽지랑을 만나고 싶다는 뜻을 밝힌다. 그 그리운 마음은 다북쑥 우거진 마을, 즉 무덤 또는 저세상에서 다시 만나기를 기원하는 것으로 표현된다. 《삼국유사》에는 이와 관련한 이야기가 전한다.

신라 제32대 효소왕 때, 죽지랑의 무리 가운데 득오라고 하는 급간(級干, 신라 관등의 제9위)이 있었다. 화랑도 명부에 이름을 올려놓고 매일 나오더니 열흘 동안 보이지 않았다. 죽지랑이 득오의 어머니에게 물으니, 모량부의 익선 아간(阿干, 신라 관등의 제6위)이 곡식 창고 지키는 직책으로 임명하여 급히 갔다는 것이다.

죽지랑이 그 말을 듣고 득오가 있는 곳으로 찾아가 떡과 술을 먹이고, 익선에게 휴가를 청했으나 익선은 허락하지 않았다. 때마침 간진이라는 사람이 가지고 있던 벼를 익선에게 주면서 득오를 휴가 보내도록 청했으나 허락하지 않았다. 익선은 말안장을 더 받고서야 허락하였다.

조정의 화주(花主, 신라에서 화랑을 관장하는 관직)가 이 이야기를 듣고 익선을 잡아다가 그의 더럽고 추한 마음을 씻어 주고자 하였는데 도망쳐 버렸으므로 그의 아들을 대신 잡아갔다. 때는 동짓달 몹시 추운 날인데, 성안의 못에서 목욕을 시키니 얼어 죽었다. 대왕이 이 말을 듣고 모량리 사람은 모두 벼슬에서 물러나게 하였고, 그 지방 사람들에게 큰 불이익을 주었다. 득오가 죽지랑을 사모하여 노래를 지어 부르니 이것이 〈모죽지랑가〉이다.

노래와 설화의 표면만 읽으면 '득오라는 화랑이 죽지랑이라는 화랑을 사모하여 부른 노래로구나.' 하는 생각에 머문다. 그러나 몇 가지 물음과 대답을 던져 보자. 신라 통일의 위업을 달성한 화랑이건만 통일이 되고 20, 30년쯤 지나자 그 위업이 퇴색되어 정당한 요구조차 하기 힘들었던 게 아닌가? 쌀 수십 섬에 말안장을 받는 익선의 행동처럼 권력과 부를 추구하며 횡포를 부리는 무리가 다수 있었던 게 아닌가? 결국 신라 사회는 통일 이후 조금씩 건강한 정신이 해이해져 갔고, 사람들은 나라를 위해 몸을 바쳤던 화랑의 정신을 그리워했던 것 아닌가? 그리움은 무언가에서 멀어질 때 느끼는 감정이다. 신라 화랑은 위업을 이루었고 한 시대를 흔들었으나 점차 그 힘을 잃어 갔던 모양이다.

이 같은 추측은 지나친 것이 아니다. 죽지랑은 술종공의 아들이다. 술종공은 김유신과 함께 국사를 논하던 지도자였다. 죽지랑은 아버지 술종공이 미륵상을 세운 뒤 그 공덕으로 태어나 미륵의 화신으로 여겨질 만큼 숭앙받던 인물이다. 삼국 통일에 공을 세워 벼슬이 이찬(伊飡, 신라 관등의 제2위)까지 올랐다. 그러던 그가 관등 6위인 아간에게 힘겹게 부탁을 해야 하는 처지가 되었고, 관등 9위인 화랑 득오조차도 창고지기에 토지 경작을 하는 처지가 된다. 신라가 당을 몰아내고 통일을 이룬 676년에서 20년쯤 지난 시기이건만 화랑은 쇠약해졌고, 몰락의 길을 걷고 있었던 것이다. 신라의 건강한 기풍 역시 쇠퇴해 갔을 것이다. 대체 그 까닭은 무엇일까?

화랑은 신라의 청소년 심신 수양 조직 단체라 할 수 있는데, 그 구성원은 왕족과 귀족들이었다. 언제부터 화랑이 조직되었는지 정확하지는 않지만, 민간 단체였던 화랑이 576년 이후 국방 정책과 관련하여 관에서 운영되면서 체계적인 기관으로 발전되었다고 한다. 화랑은 국가를 위해 의롭게 죽는 것을 큰 명예로 여겼다. 원광법사가 화랑의 지침으로 내린 계율 '세속오계'는 당시 화랑들이 어떤 정신을 바람직한 가치로 여겼는지 짐작하게 한다. 세속오계는 '사군이충(事君以忠, 충성으로써 임금을 섬기어야 한다)', '사친이효(事親以孝, 효로써 부모를 섬겨야 한다)', '교우이신(交友以信, 믿음으로써 벗을 사귀어야 한다)', '임전무퇴(臨戰無退, 싸움에 나가서 물러남이 없어야 한다)', '살생유택(殺生有擇, 살아 있는 것을 죽일 때는 가림이 있어야 한다)' 다섯 가지 계율이다.

도덕성과 용맹, 애국, 의리를 바탕으로 하는 화랑의 정신은 신라의 삼국통일기에 큰 역할을 했을 것이다. 그러나 삼국 통일 이후 오랫동안 평화로운 시기를 보내면서 화랑의 정신은 해이해져 갔다. 신라의 정치권력 역시 안일함에 빠지고, 앞서 말한 설화와 같은 부패상들이 생겨났다. 〈모죽지랑가〉는 한 개인의 죽음에 대한 슬픔과 아쉬움뿐 아니라, 화랑정신과 국가의 맑은 기풍이 무너져 가는 안타까움을 담아낸 향가이다.

낭이 지니던 마음의 끝을 좇고 싶어라 – 〈찬기파랑가〉

〈찬기파랑가〉는 화랑인 기파랑의 숭고한 덕과 인품을 추모하는 노래이다. 충담사의 작품으로 신라 경덕왕 때 지었다고 한다.

> 열어젖히니
> 나타난 달이
> 흰 구름 좇아 떠가는 것이 아닌가?
> 새파란 냇물에
> 기파랑의 모습이 있어라.
> 이로부터 냇가 조약돌에
> 기파랑이 지니시던
> 마음 끝을 따르고자
> 아아, 잣나무 가지 높아
> 서리 모르시올 화랑의 우두머리시여.

〈찬기파랑가〉

이 노래는 《삼국유사》에 실려 있지만 관련된 기록은 찾아볼 수 없다. 다만 같은 작가의 작품인 〈안민가〉에 대한 기록에서 경덕왕이 "기파랑을 찬양하는 노래가 그 뜻이 높다고 하는데 과연 그러하냐?" 하고 묻자, 그렇다는 충담사의 대답이 있을 뿐이다. 기파랑이 어떤 일을 한 화랑인지, 어떤 공을 세웠는지도 알 수가 없다. 이 작품에 대한 해석은 학자마다 조금씩 다르지만, 기파랑의 높은 뜻을 '잣나무 가지'에 비유한 점에서는 일맥상통한다.

10구체 향가인 〈찬기파랑가〉의 구성은 세 부분으로 나눌 수 있다. 1행부터 5행에서 시의 화자는 흐느끼며 기파랑의 모습을 좇는다. 아마도 그는 고결한 인품이 묻혀 가는 어두운 시대의 현실을 염려하는 듯하다. 그는 이슬을 밝히는 달이 흰 구름을 따라 떠간 언저리를 본다. 그리고 모래를 가르며 흐르는 냇가를 보며, 거기에 비친 수풀을 바라본다. 이 같은 과정은 모두 기파랑의 고결한 모습을 형상화하고 있다. 이슬, 달, 흰 구름, 모래 가른 냇가, 수풀은 기파랑의 이미지와 연결된 시어들이다.

6행부터 8행까지는 기파랑의 원만하고 강직한 인품을 드러내고 있다. 기파랑의 인품을 '조약돌'에 비유하면서 자신의 이상적인 인간형인 기파랑을 따르고자 하는 마음을 드러냈다. 9행부터 10행은 '서리'를 이겨 내는 '잣나무 가지'에 기파랑을 비유하여 기파랑의 인품을 찬양하면서 흠모의 정을 절실하게 나타냈다. 잣나무가 기파랑의 고고한 절개와 인품이라면, 서리는 시련과 역경 또는 불의와 부정을 상징한다.

충담사는 기파랑의 무엇을 찬양하고, 그 무엇을 따르고자 했을까? 향가가 한 개인의 서정을 담았다기보다 집단의 안위를 기원하고, 그 집단이 추구해야 할 정신적 가치를 담는 성격이 강하다면, 〈찬기파랑가〉 역시 충담사 개인의 감정만을 담아내지는 않았을 것이다. 당시 신라인들이 추구해야 할 어떤 가치가 이 시에 녹아 있으며, 그 가치가 점차 사라져 가기에 시의 화자는 기파랑을 추모하고 예찬하면서 슬픔을 동시에 느끼는 것이리라. 이는 〈모죽지랑가〉에서 화자가 느끼는 아쉬움과도 일맥상통한다.

흩어지는 잎사귀 같은 인생-〈제망매가〉

인간의 삶에는 사회적 삶과 개인적 삶이라는 두 축이 있다. 문학 작품을 통해 삶을 이야기하려는 문학가는 자신이 속한 공동체의 현실을 걱정하고, 그 공동체가 나아가야 할 길에 대해 모색한다. 그러나 그것만이 전부는 아니다. 인간의 삶 속에서 일어나는 크고 작은 굴곡과 개인사 역시 중요하다. 물론 그 개인사를 이야기함에 있어서도 공동체의 가치가 녹아 있음은 분명하다. 월명사가 경덕왕 때 지은 〈제망매가〉는 바로 개인적 삶의 곡절을 담아내면서도 당시 신라를 지탱시킨 불교 정신이 바탕에 깔린 작품이다.

생사 길은
여기 있으매 머뭇거리고
나는 간다는 말도
못다 이르고 어찌 가는가.
어느 가을 이른 바람에
여기저기 떨어진 잎처럼
한 가지에 나고도
가는 곳 모르겠구나.
아아, 극락세계에서 만날 나는
도 닦으며 기다리겠노라.

〈제망매가〉

이 작품은 죽은 누이동생을 추모하는 노래이다. 삶과 죽음의 길이 인간 세상에 있지만 사람이 죽음을 맞이하여 땅으로, 또는 재로 돌아간다는 일이 얼마나 허무한가. 시의 화자는 그 허무함을 노래한다. 그는 허무함을 가을바람에 떨어지는 잎사귀에 비유한다. 같은 부모에게서 태어난 남매라는 인연의 끈, 즉 한 가지에 태어난 인연을 지녔지만 나뭇잎이 바람에 흩어지듯 죽음 앞에서 속수무책인 것이다. 그렇다면 그 허무함을 극복할 길은 무엇인가? 시의 화자는 극락세계에서 만날 날을 위해 도를 닦으며 기다리겠다고 말한다. 불교 신앙을 통한 슬픔의 승화 또는 극복이라고 할 만하다.

〈제망매가〉는 배경 설화와 함께 전한다. 월명사가 죽은 누이동생을 위하여 이 노래를 지어 제를 지냈더니, 바람이 불어 종이돈이 서쪽으로 날아갔다는 것이다. 이는 신라 향가의 주술적 성격을 보여 주는 대목이다.

〈찬기파랑가〉처럼 10구체 향가인 이 작품은 내용상 세 단락으로 나뉜다. 첫 부분 1행부터 4행까지는 세상을 떠난 누이동생에 대한 안타까움을 노래하고 있다. 두 번째 부분 5행부터 8행은 '죽음=낙엽', '형제=같은 가지에 난 잎사귀', '이른 죽음=이른 바람' 등의 비유를 통해 혈육의 정을 구체화하고 있다. 마지막 부분 9행과 10행에서는 슬픔을 차원 높게 승화시키는 종교적 경지가 엿보인다. 다른 10구체 향가들처럼 9행에서 '아야'와 같은 감탄사가 사용되고 있다.

우리가 흔히 보는 장례식 풍경과는 사뭇 다른 모습이다. 누이동생의 죽음이 안타깝고 슬프지만, 그것을 통해 더 높은 삶의 경지를 찾는다. 인생은 허무하지만 그것을 극복할 수 있는 정신세계가 있음을 보여 주고 있다.

〈모죽지랑가〉, 〈찬기파랑가〉, 〈제망매가〉는 모두 추모의 노래라 할 수 있다. 시에서 추모하는 대상들은 모두 죽었다고 여겨진다. 이 세 편의 노래는 모두 사라져 가는 존재에 대한 그리움을 담고 있다. 그래서 서정성이 뛰어난 작품들이다. 그럼에도 개인의 서정을 노래한 시라고 단언하기는 쉽지 않다. 그들이 노래하고 있는 대상, 사라져 가는 존재는 개인의 그리움과 아쉬움의 대상만은 아니기 때문이다.

〈모죽지랑가〉의 죽지랑이 작자 득오의 그리움의 대상인 점은 분명하다. 그러나 그 그리움은 사회적인 그리움이기도 하다. 한때 사회의 기풍을 이끌어 갔던 화랑의 몰락이 배경 설화에서 엿보이며, 그것에 대한 안타까움이 작품 곳곳에 배어 있다. 슬픔의 극복도 불교적 색채를 보인다. 다음 세상에서 만날 기약 같은 것이 담겨 있기 때문이다. 이는 〈제망매가〉에서 보여 준 슬픔의 극복과 닮아 있다. 불교를 숭상하는 나라였던 신라의 정신이 녹아 있는 것이다.

〈찬기파랑가〉는 기파랑의 높은 뜻을 추모하고 찬양한 노래지만, 〈모죽지랑가〉보다 좀 더 의지적인 어조를 띤다. 흐느끼며 바라보는 안타까운 화자의 모습은 〈모죽지랑가〉와 공통성을 지니지만, 서리도 덮지 못할 기파랑의 고결한 의지를 마지막 부분에서 강조하고 있는 점은 〈모죽지랑가〉보다 한 단계 나아간 표현이라고 할 수 있다. 아쉬움과 그리움이 남아 있지만, 그 뜻을 더욱 잊지 않겠다는 다짐이 녹아 있는 듯하다.

두 편의 노래가 신라 화랑을 추모하며 현실 세태의 안타까움을 보여 준다면, 〈제망매가〉는 인생의 본질적인 슬픔을 다루었다. 혈육의 죽음을 통해 느끼는 인생무상의 경지는 사회 현실에 대한 한탄이나 안타까움보다 더 깊은 슬픔을 느끼게 한다. 그러면서 역시 당시 신라를 지탱시킨 불교 사상을 통해 슬픔을 승화시킨다.

세 편의 향가는 모두 빼어난 표현과 드높은 정신을 보여 주는 향가 문학의 백미로, 사라져 가는 존재를 그리워하는 슬픔이 깃든 작품들이다. 사라져 가는 이들 때문에 채워지지 않는 나의 삶과 우리가 사는 사회. 그 허전함과 부족함이 그리움을 만들어 내고, 그 그리움이 있기에 슬픔을 극복할 힘을 얻는다. 세 작품이 숭고한 이유는 바로 사회가 지향해야 할 가치를 찾고, 인생이 추구해야 할 높은 뜻을 찾는다는 데 있다.

생각의 갈피를 찾는 물음

1 〈모죽지랑가〉, 〈찬기파랑가〉, 〈제망매가〉는 각각 무엇을 향한 그리움을 노래하고 있는가?

2 지금 누군가를 그리워하거나 찬양하거나 추모한다면, 그 사람은 어떤 인물인가?
왜 그를 떠올리게 되었는가?

〈원왕생가〉

달님이시여
서방 정토까지 가시려는가.
무량수 부처님 앞에
알리어 여쭈옵소서.
맹세 깊으신 부처님에게 우러러
두 손을 모아
왕생을 바랍니다, 왕생을 바랍니다.
그리워하는 사람이 있다고 사뢰옵소서.
아아, 이 몸 남겨 두고
마흔여덟 가지 큰 소원(아미타불의 중생을 위한 모든 맹세와 소원)을 이루실까.

〈원왕생가〉의 지은이는 광덕 또는 광덕의 처로 알려져 있는데, 시의 내용상 광덕이 지은 것이라 볼 수 있다. 시의 화자는 서방 정토(극락)로 향해 가는 듯 보이는 달에게 자신의 소원을 부처님께 전해 달라고 간청한다. 달은 서방 정토의 사자인 셈이다. 화자의 소원은 '극락왕생', 즉 세계에 다시 태어나게 해 달라는 것이다. 그것을 이루어 주지 않는다면 어찌 사십팔대원을 이루겠냐는 것이다. 사십팔대원이란 아미타불의 48가지 소원으로 이타적인 내용들이다. 이것들이 이루어져야 성불을 하겠다는 것이다.

이 향가에는 다음과 같은 설화가 함께 전한다.

문무왕 때 불자였던 광덕과 엄장은 퍽 친하게 지냈다. 그들은 평소 누구든지 먼저 극락정토에 갈 때는 서로 알리기로 약속했다. 어느 날 저녁, 엄장의 집 창밖에서 "광덕은 지금 서방 정토에 가니 그대는 잘 있다가 속히 나를 따라오라."는 소리가 났다. 엄장이 문을 열고 나가 보니 구름 밖에 하늘의 풍악 소리가 들리고 땅에는 광명이 드리워 있었다. 이튿날 엄장이 광덕의 집에 가 보니 과연 그는 죽어 있었다.

장례를 마친 엄장은 광덕 아내의 동의로 함께 살게 되었는데, 밤에 동침을 하려 하자 광덕의 아내가 거절하였다. 여인은 "광덕은 나와 10여 년을 같이 살았으나 한 번도 동침한 적이 없으며, 저녁마다 단정히 앉아 염불을 하고 16관(十六觀, 중생이 죽어서 극락에 가기 위해 닦는 16가지 방법)을 행할 뿐이었습니다. 16관에 숙달하자 달빛이 문에 들면 그 빛을 타고 올라앉았습니다. 정성이 이 같았으니 어찌 극락에 가지 않겠습니까?" 하고 말했다. 이에 엄장은 부끄러워 물러나 원효 법사를 찾아가 배움의 길을 얻고 정진하여 마침내 서방 정토로 가게 되었다고 한다.

불교적 색채가 짙은 향가로 신라 경덕왕 때 희명이라는 여인의 아들이 지어 불렀다는 〈도천수관음가〉 또는 〈도천수대비가〉라는 노래도 있다. 희명의 아들이 다섯 살 때 갑자기 눈이 멀었는데, 이에 희명이 분황사 천수관음의 벽화 앞에서 아이에게 노래를 지어 부르게 했더니 눈을 뜨게 되었다는 설화가 전한다.

인간을 이야기하다

설화의 세계
-〈연오랑 세오녀〉, 〈귀토지설〉, 〈도미 설화〉, 〈온달 설화〉, 〈지귀 설화〉

역사는 진실하고 흥미로운 삶의 이야기

그리스 신화의 프로메테우스. 그는 인간을 위해 불을 훔쳤다. 인간에게 불을 주지 말라는 제우스의 명령을 거역하고 태양 수레에서 불을 훔쳐 인간에게 주었다. 이로 인해 인간은 음식을 익혀 먹고, 추위에서 벗어났으며, 문명을 발전시켜 갔다. 프로메테우스는 불을 훔친 대가로 바위에 쇠사슬로 묶여 독수리에게 간을 쪼아 먹히는 형벌을 받았다.

신에게 꿋꿋이 저항한 프로메테우스의 이야기는 어떤 억압에도 굴하지 않는 양심을 상징한다. 이후 정치적 종교적 박해 속에서도 자신의 신념을 굽히지 않고 지켜 간 사람의 모습에서 우리는 '프로메테우스의 정신'을 확인한다.

프로메테우스에게서 또 다른 의미를 이끌어 낼 수는 없을까? 신들의 향연이라 할 수 있는 그리스 신화 속에서 인간의 이야기를 찾기는 쉽지 않은데, 그 매개 역할을 한 것이 프로메테우스이다. 인간을 향한 관심과 사랑으로 신화의 영역은 한층 넓어지는 것이다.

지구상에 인간이 생겨나 삶을 영위해 가고, 모여 살고, 부족을 이루고, 나라를 이루고, 역사를 만들어 가는 속에서 춤과 노래와 이야기가 생겼다. 아주 오랜 옛날에는 이 모두가 하늘을 향한 간절한 외침이거나 염원이었을 것이다. 입에서 입으로 전해진 옛사람들의 이야기는 신에 대한 이야기였고, 신이 어떻게 이 세상을 다스리는가에 대한 이야기였으리라. 그러나 이야기의 중심은 점점 인간에게로 향할 수밖에 없었다.

〈단군 신화〉는 하늘의 신이 어떻게 인간 세상에 내려와 나라를 세웠는가에 관한 이야기이다. 〈박혁거세 신화〉 역시 하늘에서 내려온 신령한 알이 인간 나라의 임금이 된 이야기이다. 주몽은 하늘의 해모수와 물의 유화가 만나 이 땅 위에 태어났다. 인간 세상을 이야기하고 있지만 어디나 신이 빠질 수 없었다. 신성성 가득한 신화의 세계였다. 그러다가 점점 지상의 인간들이 이야기의 중심이 되어 갔다.

고대 국가가 성립하면서 등장한 건국 신화는 고구려, 백제, 신라의 삼국 시대에 이르러 전설과 민담의 세계로 확대되어 갔다. 신화의 신성성은 진실되고 흥미로운 삶의 이야기로 그 자리를 옮겨 갔다. 좀 더 낮은 곳으로 번져 간 셈이다. 각나라의 설화 작품에는 어떤 것들이 있을까?

고구려에는 〈온달 설화〉와 〈호동 왕자 설화〉, 백제에는 〈도미 설화〉, 신라에는 〈귀토지설〉, 〈연오랑 세오녀〉, 〈호원〉, 〈지귀 설화〉 등이 있다. 등장인물도 왕족에서 평민, 동물에 이르기까지 다양하다. 그 내용은 아직 신화의 흔적이 남아 있는 작품부터 민담의 성격을 지닌 것까지 다양하다.

해와 달에 얽힌 이야기–〈연오랑 세오녀〉

제8대 아달라왕 즉위 4년 정유(丁酉)에 동해 바닷가에 연오랑과 세오녀 부부가 살고 있었다. 어느 날 연오가 바다에 나가 해조를 따고 있는데, 갑자기 바위 하나가 나타나더니 연오를 싣고 일본으로 가 버렸다. 이를 본 그 나라 사람들은 "이는 범상한 사람이 아니다." 하고는 연오를 세워 왕으로 삼았다. 세오는 남편이 돌아오지 않자 이상히 여겨 바닷가에 나가서 찾다가 남편이 벗어 놓은 신을 발견하였다. 세오가 그 바위 위에 올라갔더니 바위는 또 전처럼 세오를 싣고 일본으로 갔다. 그 나라 사람들은 놀라 왕에게 사실을 아뢰었다. 마침내 부부가 서로 만나게 되어 세오를 귀비로 삼았다.

이때 신라에서는 해와 달이 광채를 잃었다. 일관이 왕께 아뢰길, "해와 달의 정기가 우리나라에 내려와 있었는데, 이제 일본으로 가서 이런 괴변이 생겼습니다." 하였다.

왕이 사자를 보내서 두 사람을 찾으니 연오가 말하길, "내가 이 나라에 온 것은 하늘이 시킨 일인데 어찌 돌아갈 수가 있겠소. 그러나 나의 비가 짠 고운 비단이 있으니 이것으로 하늘에 제사를 드리면 될 것이오." 하고는 사자에게 비단을 주니, 사자가 돌아와서 사실대로 고하였다. 그의 말대로 하늘에 제사를 드렸더니 해와 달의 정기가 전과 같이 되었다. 이에 그 비단을 어고(御庫)에 간수하고 국보로 삼았다. 그 창고를 귀비고(貴妃庫)라 하고, 하늘에 제사 지낸 곳을 영일현(迎日縣) 또는 도기야(都祈野)라 하였다.

〈연오랑 세오녀〉 줄거리

어, 이거 어디서 많이 들은 이야기인데! 어릴 때 어느 동화에서 읽었던

〈해와 달이 된 오누이〉 이야기가 떠오른다. 세 남매를 둔 어머니가 장사 나갔다가 호랑이에게 물려 죽임을 당한다. 호랑이는 어머니로 변장하고 나타난다. 오누이는 호랑이임을 알아채고 나무 위로 도망쳐 하늘에 도움을 구한다. 하늘에서 동아줄이 내려와 오누이를 구해 주었다. 호랑이도 하늘에 빌자 썩은 동아줄이 내려왔다. 호랑이는 썩은 줄을 타고 올라가다가 떨어져 수숫대에 찔려 죽는다.

한낮에 이글거리는 해, 밤을 고즈넉이 비춰 주는 달! 하늘 한가운데 자리 잡아 인간의 삶을 관찰하고, 농사를 관장하며, 시간이 흘러가게 한다. 어찌 이야기가 샘솟지 않으랴. 〈연오랑 세오녀〉는 우리나라의 거의 유일한 일월 신화이지만, 전설과 민담의 요소를 담고 있다. 구체적 시간이 명시되어 있고 영일현(해를 맞이하는 고을)이라는 지명의 유래가 있는 것으로 보아 전설의 성격이 강하며, 평범한 부부를 주인공으로 하고 있다는 점에서는 민담의 요소가 강하다. 그러나 바위를 타고 일본으로 건너가는 이야기며, 해와 달의 정기를 지닌 신비로운 인물이라는 점 등에서는 신성성 가득한 신화로 볼 수 있다.

위정자에게 고통당하는 백성의 한–〈귀토지설〉, 〈도미 설화〉

《삼국사기》에 실린 〈귀토지설〉(거북과 토끼 이야기)이나 〈도미 설화〉는 위정자에게 당하면서 살아가는 민중의 모습을 그려 내고 있다.

뒷날 고전 소설 〈토끼전〉의 바탕이 되는 근원 설화 〈귀토지설〉에는 토끼, 거북, 용왕 등의 인물이 등장한다. 토끼는 숲 속에서 하루하루 즐겁게 살아가는 평범한 민중이다. 용왕은 절대 권력자, 거북은 절대 권력자 왕을 돕는 귀족 세력 또는 위정자일 것이다. 권력자는 자신의 안위를 위해 민중을 속이고, 그의 생명까지도 마음대로 하려 한다. 그러나 토끼로 대표되는 민중은 지혜롭고 발랄하다. 그는 자신의 생명을 구하기 위해 꾀를 내어 권력자를 속인다. 억압을 일삼으며 민중을 속인 권력자라 볼 수 있는 거북이나 용왕은 민중인 토끼의 꾀에 넘어가고 만다. 토끼의 지혜가 부각되면서 거북이와 용왕의 무능은 훤히 드러나고야 만다.

이 설화는 옥에 갇힌 김춘추를 돕기 위해 고구려 장수 선도해가 들려준 이야기라고 한다. 김춘추가 선덕 여왕 11년(642) 백제군을 물리칠 구원병을 요청하러 고구려에 갔다가 감옥에 갇혔을 때의 일이다. 이는 불경에 나와 있는 〈용과 원숭이 설화〉를 모태로 삼고 있으며, 이후 판소리 〈수궁가〉로, 고전 소설 〈별주부전〉으로, 신소설 〈토의 간〉으로 개작된다. 〈별주부전〉에서는 충성스러운 별주부가 하늘의 도움으로 약을 구해 용왕을 낫게 한 이야기가 덧붙어 있다. 누구의 입장에 서느냐, 어떤 가치관을 갖느냐에 따라 〈귀토지설〉의 해석이 달라질 수 있음을 보여 준다.

권력자의 횡포에 의해 고통스러운 삶을 살아야 했던 평범한 사람들의 애환이 좀 더 사실적으로 그려진 이야기로는 〈도미 설화〉를 들 수 있다. 그 줄거리는 다음과 같다.

> 백제 사람인 도미는 미천한 백성이었으나 자못 의리를 알았으며, 그의 아내는 용모가 아름답고 절개가 뛰어났다. 개루왕이 도미를 불러 정절이 있다는 도미의 부인도 교묘한 말로 꾸미면 넘어올 것이라고 말했다.
>
> 도미는 이 말을 부정했지만 왕은 신하를 왕으로 꾸며 도미의 부인에게 보내 후궁으로 삼겠노라고 했다. 도미 부인은 짐짓 듣는 체하고 계집종을

단장시켜 들어가게 했다.

왕은 신하가 속은 것을 알고는 크게 노하여 도미를 애매한 죄로 다스려 그의 눈을 멀게 하고 배에 실어 강물에 띄워 놓았다. 그리고 도미 부인을 궁으로 잡아들였다.

도미 부인은 남편이 겪은 일을 알고 궁궐에서 도망쳤다. 쫓기던 도미 부인은 우연히 나타난 조각배에 몸을 싣고 천성도에 이르러 도미를 만나게 되었다. 그들은 함께 고구려 지방에 이르렀고, 거기서 사람들의 도움으로 살아가며 일생을 마쳤다.

〈도미 설화〉 줄거리

《삼국사기》에 실린 이 설화는 도미 부인의 절개를 소재로 한 일종의 '열녀 설화'라 할 수 있다. 권력을 배경으로 민간의 여자를 빼앗으려 한 이야기를 '관탈민녀 설화'라고 한다. 민담 〈우렁 각시 이야기〉와 제주도의 〈산방덕 전설〉, 〈지리산녀 설화〉 등이 그런 유형의 이야기이다.

〈우렁 각시 이야기〉는 부모님을 모시고 가난하게 살던 한 총각이 우렁 각시를 만나 행복하게 살던 중 고을 원님이 각시를 빼앗으려 했으나 남자의 승리로 행복한 결말을 맺는 민담이다. 〈지리산녀 설화〉는 남원 지방에 전하는 이야기로 《고려사》와 《동국여지승람》에 실려 있다. 아름다우며 절개가 굳은 여인이 왕의 요구를 뿌리치고 절개를 지켰다는 이야기다.

그런데 어디선가 들어본 이야기 같지 않은가? 변학도의 수청을 과감하게 거절한 고전 소설 〈춘향전〉 속의 열녀 춘향이. 그의 매서운 절개가 이런 설화에 뿌리를 내리고 있다. 소설가 박종화는 〈도미 설화〉를 바탕으로 〈아랑의 정조〉(1939)라는 소설을 썼다.

자, 다시 〈도미 설화〉로 돌아가 보자. 이 이야기 속에는 두 축이 팽팽하게 대립 구도를 이룬다. 도미와 도미의 처가 한 축이며, 개루왕이 다른 한 축이다. 도미와 도미의 처는 힘없는 민중인 데 비해, 개루왕은 절대 권력자이다. 도미와 그 처가 서로에 대한 사랑과 신뢰를 바탕으로 살아가는 사람들이라면, 개루왕은 인간의 절개 따위는 믿지 않는 사람이다. 도미가 자신의 아내를 믿고 존중하는 여성관을 가진 사람이라면, 개루왕은 여자를 '유혹에 금방 넘어가는 가벼운 존재'라고 여긴다. 인간을 인간답게 여기는 사람과 그렇지 못한 자의 대립이기도 한 것이다.

왕을 곧 신의 아들로 여기던 시대는 이미 가 버렸다. 왕이 이야기의 중심에 서 있는 시대도 서서히 가고 있다. 역사적 사실을 배경으로 한 소설이나 드라마에서도 이제 더 이상 왕만을 중심에 두거나 미화하려고 하지 않는다. 〈뿌리 깊은 나무〉라는 드라마에서는 세종대왕이 빼어난 성군으로 그려졌지만, 심지어 낮은 신분의 사람들이 한글 창제에 힘을 보태는 모습도 담았다. 그리고 그들은 놀라운 능력을 갖고 있다. 그뿐인가? 왕을 부당한 억압자로 여기는 이야기들이 등장하고 민중이 지혜로써 왕을 이기는가 하면, 고결한 인간 정신을 갖춘 자가 겉으로는 권력에 패했지만 그 정신은 결코 패하지 않은 아름다운 모습으로 우뚝 서고 있다.

주체적인 여성의 힘-〈온달 설화〉

〈서동요〉를 읽으며 신분을 뛰어넘은 사랑의 아름다움에 대해 이야기했다. 공주인 선화가 노래 때문에 궁궐에서 쫓겨나 서동과 만나 결혼하게 되는 이야기를 읽으며 그 시절에도 벽을 뛰어넘는 사랑이 있음에 놀라워했다.

《삼국사기》에 실린 〈온달 설화〉에도 신분을 뛰어넘은 사랑 이야기가 담겨 있다. 〈서동요〉의 선화 공주가 어쩔 수 없는 소문 때문에 궁궐에서 쫓겨났다면, 〈온달 설화〉의 평강 공주는 스스로 궁궐을 떠나 온달을 찾아온 주체적인 여성이다. 전설이면서 동시에 역사적 사실을 담고 있는 〈온달 설화〉의 줄거리를 살펴보자.

> 온달은 고구려 평강왕 때의 사람이다. 집은 가난했으며 용모도 쭈글쭈글 우습게 생겼다. 늘 떨어진 옷을 입고 헤진 신을 신고 밥을 빌어 어머니를 모시는 그를 사람들은 '바보 온달'이라 불렀다. 평강왕에게는 어린 딸이 있었는데 잘 울었다. 왕은 "네가 잘 우니 바보 온달에게나 시집보내야겠다."

온달산성

충청북도 단양군에 있는 삼국 시대의 석성(石城)으로, 온달의 전설이 서려 있는 곳이다. 못다 한 꿈을 가슴에 품고 죽은 온달의 정신, 강인한 의지로 온달을 일으킨 평강 공주의 뜻이 서린 듯하다.

하고 놀리곤 했다.

공주가 16세가 되어 시집보내려 하자, 공주는 왕의 명령을 받아들이지 않고 궁궐을 나와 온달에게 시집간다.

평강 공주는 온달의 재능을 깨우쳐 갔고, 바보 온달은 온달 장군으로 성장하여 후주의 무제가 쳐들어 왔을 때 큰 공을 세웠다. 온달은 신라와 전쟁 중 화살에 맞아 죽음을 맞았다. 장사를 지내려 하였으나 상여가 움직이지 않았다. 공주가 와서 관을 어루만지며 "죽고 사는 것이 이미 결정되었으니 아, 돌아가소서!"라고 말한 뒤에야 상여가 움직여 장사 지낼 수 있었다.

〈온달 설화〉 줄거리

공주의 신분으로 세상 사람이 모두 바보라 부르는 남자에게 시집가고, 그의 재능을 키워 준 이 이야기는 수많은 평민 남자의 가슴에 희망을 심어 주었을 것이다. '지금은 비록 가난하고 초라하게 살지만 언젠가는 나를 알아줄 평강 공주 같은 사람을 만나겠지. 그리고 능력을 발휘할 수도 있을 거야…….' 하면서 말이다.

〈온달 설화〉는 여성의 강인함과 주체성을 보여 주었다. 당당하게 자신의 미래를 선택하고, 보잘것없는 자신의 배우자를 사랑하며 이끌어 주는 의지의 여인상. 이는 〈단군 신화〉에 등장하는 웅녀 이래로 우리 민족이 이상적으로 여기는 여성의 모습이었으리라.

천한 남자의 불타오르는 사랑 이야기-〈지귀 설화〉

여왕을 사랑하다가 스스로 불타 버린 한 남자의 이야기도 전한다.

선덕 여왕 때 지귀라는 사람이 여왕을 사모하여 마음 깊이 병이 들었다. 왕이 그 이야기를 듣고, "짐이 내일 영묘사에 가서 향불을 피워 재를 올릴 터이니 그 절에 가서 짐을 기다리라."라고 말했다. 지귀는 왕의 행차를 기다리다가 지쳐 잠이 들고 말았다. 기도를 마치고 나오던 여왕은 그 광경을 보고 금팔찌를 뽑아서 지귀의 가슴에 놓아두고 궁궐로 돌아갔다. 잠이 깬 지귀는 왕을 기다리지 못한 자신을 한스럽게 여겨 괴로워했는데, 마음의 불이 그의 몸을 불태웠다. 지귀는 곧 불귀신으로 변했다. 지귀가 불귀신이 되어 온 세상에 떠돌아다니자 여왕은 백성들에게 주문을 지어 주어 대문에 붙이게 하였다. 그 후 백성들은 화재를 면하게 되었다.

〈지귀 설화〉 줄거리

이 이야기는 화신(火神)의 내력을 소개하면서 화재 예방의 풍속을 설명하고 있는 주술성이 강한 민담이지만, 왕을 향한 지귀의 순전한 사랑과 선덕 여왕의 포용성이 더 큰 의미로 다가온다. 평민으로 여겨지는 한 남자가 여왕을 미치도록 사모하고, 왕이 그의 사랑을 헤아려 준다는 이야기는 근엄한 시대 분위기였을 거라고 연상되는 당시로서는 놀라운 일일 뿐이다.

흔히 불은 남녀의 사랑을 상징한다. 뜨겁게 타오르는 사랑은 인생을 활기차고 아름답게 하지만, 그것이 지나칠 때는 고통 속에 빠뜨린다. 사랑이 그렇듯 불도 양면성을 지닌다. 불은 따스함을 주지만 멈추지 않을 경우 모든 것을 소멸시키기에 이른다. 지귀의 사랑도 멈출 수 없는 사랑이었다. 아마 이루어질 수 없었기에, 또한 만날 기회를 잃어 한스러웠기에 더욱 불타올랐으며, 자신을 불태우고 다른 것들을 불태웠을 것이다.

이 이야기와 유사한 일이 실제 있었을지도 모르지만, 화재 예방과 관련하여 한 남자의 뜨겁고 애달픈 사랑 이야기를 엮어 낸 옛사람들의 상상력이란! 인간의 욕망과 사랑에도 눈 돌릴 만큼 사람들의 눈은 낮은 곳으로 향하고 있었다.

영묘사 암키와
경주 영묘사는 〈지귀 설화〉의 배경이 되는 절이다. 현재 절은 남아 있지 않고 몇몇 유물만 전한다. 사진은 '영묘사' 라는 글자가 새겨진 기와 조각이다.

눈물은 낮은 곳으로 흐른다. 큰 나무에 피는 꽃들 중에는 아래로 피는 꽃도 있다. 그래서 나무 아래에서도 꽃의 아름다움을 느낄 수 있다. 물방울이 모여 시냇물이 되고, 강물이 되어 바다에 이르는 물줄기는 아래로 흐른다. 인간사의 발전이란 때로 낮은 곳으로 흐르는 물줄기 같다. 인간의 역사는 낮은 곳으로 더 낮은 곳으로 물처럼, 눈물처럼 흘러내리는 것인가!

생각의 갈피를 찾는 물음

1 앞의 다양한 설화를 보면 신성한 이야기, 고귀한 사람의 이야기뿐 아니라 '이야기의 밑바닥 확대' 가 이루어졌다. 어떤 점에서 그러한가?

2 짧은 고대 가요들이 집단적에서 개인적으로, 주술성에서 서정성으로 변했다면, 설화의 세계는 어떤 변모 과정을 거친다고 볼 수 있는가?

〈사복불언 설화〉

《삼국유사》에 실린 불교 설화이다. 사복 어머니의 장례를 통해 살아 있는 것은 곧 죽고 죽음은 곧 삶으로 이어진다는 윤회관과 진리는 누구에게나 어디에나 있다는 불교적 가르침을 전한다.

한 과부가 남편도 없이 아이를 낳았다. 과부는 다른 사람과 왕래 없이 그저 열심히 일하며 아이를 키웠다. 아이는 열두 살이 되도록 말을 못했다. 마을 사람들은 아이를 '사동(蛇童)', '사복(蛇卜)'이라 불렀다. 일어서지 못하는 뱀 귀신을 타고났다는 뜻으로 붙여진 이름이다.

그러던 어느 날 사복 어머니가 죽었다. 사복은 원효 스님을 찾아가 돌연 "전생에 그대와 나와 함께 경을 매고 다니던 암소가 죽었으니 장사를 지내 주는 것이 어떻겠나?" 하고 말했다.

원효는 사복과 함께 돌아와 장사를 지냈다. 원효는 삶과 죽음이 모두 괴로움이라는 시를 짓고, 사복 역시 부처님의 열반에 대해 노래한 뒤 어머니의 시신과 함께 연화세계로 보이는 곳으로 사라진다.

〈김현감호 설화〉

《삼국유사》에 실린 이야기로 절과 관련된 설화이다. 김현과 호랑이의 사랑, 그리고 자신을 희생하여 김현의 사랑에 보답한 호랑이의 이야기가 감동적이다.

신라 풍속에 해마다 2월이면 초팔일부터 열닷새까지 탑돌이를 했다. 원성왕 때 김현이라는 남자는 밤에 탑을 돌다가 한 처녀를 만나 사랑에 빠졌다. 알고 보니 그 처녀는 호랑이였다. 처녀는 오라비들 대신 자신이 하늘의 징계를 받기로 하였는데, 어차피 죽을 목숨이니 김현의 칼에 죽겠노라고 했다. 그것이 자신을 사랑해 준 김현의 은혜에 보답하는 길이라는 것이다.

다음 날, 사나운 호랑이가 성 안에 들어와 당하기 어려우니 호랑이를 잡는 사람에게는 벼슬을 주겠다는 명이 내려졌다. 이에 김현이 나서 자기가 하겠노라고 아뢰었다. 김현이 칼을 쥐고 숲 속으로 들어가니, 호랑이는 처녀가 되어 웃으며 자기 발톱에 상처를 입은 사람은 흥륜사 장을 바르고 그 절의 나발 소리를 들으면 나을 거라고 말했다. 그러고 나서 처녀는 김현이 찼던 칼을 뽑아 스스로 목을 찔렀다.

김현은 벼슬을 받고 서천(西川)가에 절을 지어 호원사(虎願寺)라 이름 지었고, 호랑이가 좋은 곳으로 가도록 기원하며 호랑이의 은혜에 보답했다.

그 어디에도 설 곳이 없어라

최치원의 문학 세계 - 〈격황소서〉, 〈동풍〉, 〈추야우중〉, 〈제가야산독서당〉

글로 귀신을 떨게 한 사람

글로 사람을 떨게 하고, 귀신을 감동시킬 수 있을까? 문학은 우리 마음을 움직이고, 때로 깊은 떨림과 위안을 주기도 한다는데 말이다. 아, 그런 사람이 있었다. 반란을 일으킨 우두머리를 칼이나 군대가 아닌 글 몇 줄로 놀라게 하고, 시 한 편으로 한 맺힌 귀신의 마음을 풀어 주었던 사람. 바로 최치원이다.

최치원이 당나라에 있을 때였다. 당나라 역시 정치적으로 격변기였고, 백성들은 무거운 세금에 짓눌리면서 힘겹게 살았다. 곳곳에서 반란이 일어날 수밖에 없었다. 가장 큰 농민 반란은 '황소의 난'이었는데, 이를 토벌하는 군대의 총사령관이 고변이었다. 최치원은 고변의 종사관으로 일하면서 각종 문서를 작성했다. 그중 〈격황소서〉라는 격문이 있다. 격문이란 여러 사람에게 알리거나, 기운을 북돋거나, 꾸짖는 글이다. 일종의 선전문인 셈이다.

올바름을 지키고 떳떳함을 행하는 것을 도(道)라 하고, 위기에 처해 변통하는 것을 권(權)이라 한다. 지혜로운 사람은 때에 순응하여 성공하고, 어리석은 사람은 이치를 거슬러 실패한다. 백 년 인생에 죽고 사는 일을 기약하기는 어려우나 모든 일이란 마음에 달려 있어 그 옳고 그름을 분별할 수 있는 것이다.

〈격황소서〉 일부

이렇게 시작하여 한편으로는 꾸짖고 한편으로는 회유하는 놀라운 글솜씨를 보인 글이다. "천하의 모든 사람이 너를 죽이고 싶어 할 뿐 아니라 귀신들마저 너를 죽이려고 의논할 것이다."라는 구절에서 황소는 크게 놀라 침상 밑으로 떨어졌다고 한다.

박인량이 지은 《수이전》에는 최치원과 관련된 일화가 실려 있다.

어느 날 최치원은 오래된 두 개의 무덤을 보았다. 누구의 무덤인지 궁금해 알아보니, 정확히 알 수는 없고 '쌍녀분'이라 한다고 했다. 뭔가 사연이 담겨 있으리라 생각한 최치원은 무덤 임자들의 외로움을 달래고자 시를 지었다. 그랬더니 무덤의 주인인 두 낭자의 시녀가 홀연 나타나 그네들의 화답 시를 전하는 게 아닌가.

최치원은 다시 답시를 보내고 두 여인을 기다렸다. 얼마 뒤 진한 향기와 함께 두 여인이 나타났다.

"저희는 율수현 마양리에 살던 장씨의 딸입니다. 부모님이 재물 욕심에 몇 푼 돈을 받고 저희를 소금 장수, 차 장수에게 시집보내려 했습니다. 저희 두 자매는 이를 따를 수 없어 고민하다가 자결하고 말았습니다. 오늘 한을 품고 죽은 저희의 마음을 알아줄 사람을 만났군요. 여태까지 무덤가를 지나다니는 사람들이 마음씨 못된 남자들뿐이었는데, 오늘 다행히 선생 같은 수재를 만나 이토록 좋은 시로 저희 자매의 영혼을 위로하여 주시니 참으로 감사하고 기이한 인연입니다."

세 사람은 밤새 회포를 풀고 기쁨을 나누었다. 새벽이 되자 여인들은 죽은 자와 산 자가 오래 만날 수 없다면서 작별의 시를 남기고 떠났다.

허황한 이야기인 듯하지만, 최치원의 문학적 재능과 신선다운 풍모를 엿볼 수 있는 글이다. 실제로 최치원이 현위를 지낸 율수에는 그를 기리는 기념관이 지어졌고, 그 지역 사람들은 최치원과 관련된 쌍녀분 전설을 알고 있다. 중국 여러 기록에도 쌍녀분 이야기가 실려 있다고 한다.

도적도 놀라고, 귀신도 위로받는 신이한 글재주를 지녔던 사람. 우리 한문학의 시조라 불리며 빼어난 시편들을 남긴 사람. 유교, 불교, 도교에 두루 통했고 불교의 오묘한 뜻을 깊이 이해했던 사람. 중국에서도 문명을 날려 전설처럼 이름이 전하다가 한중 교류의 선구적 역할을 했다 하여 기념관까지 만들고 추모를 받는 사람. 죽음조차 신선처럼 신비로웠던 사람. 그러나 살아 있을 때는 빼어난 지성과 높은 뜻을 펼치지 못했던 비운의 사람. 최치원, 그는 누구인가?

중국에서도 문명을 떨치다

최치원은 중국 조기 유학생이었다. 그는 열두 살 어린 나이에 당나라로 공부하러 떠났다. 말하자면 지금의 중고생에 해당하는 나이에 부모님 곁을 떠나 머나먼 타국으로 유학을 간 것이다. 어릴 때부터 빼어난 재능을 보여 주었던 최치원을 보며 그의 아버지는 아들을 당나라에 유학 보내기로 결정했다. 천하를 놀라게 할 만한 글재주가 아까웠고, 신라의 골품 제도 아래서는 출세에도 한계가 있었기 때문일 것이다. 그는 성골, 진골의 다음 단계인 6두품 출신이었다.

잠시 신라의 골품 제도에 대해 알아보자. 골품 제도란 혈통의 높고 낮음에 따라 관직이나 혼인, 의복, 가옥 등 여러 가지를 규제한 신라의 신분 제도이다. 이는 왕족을 대상으로 한 골제(骨制)와 그 밖의 사람을 대상으로 한 두품제로 나뉜다. 골품제는 모두 8개의 신분으로 나뉘는데, 골족은 성골(聖骨)과 진골(眞骨)로 왕의 혈통이다. 두품은 6두품에서 1두품까지 있다. 숫자가 클수록 신분이 높다. 어느 신분에 속하느냐에 따라 진출할 수 있는 관직이 달랐는데, 신라의 17개 관등 가운데 5관등까지는 진골만이 할 수 있었다.

6두품은 비록 성골과 진골 다음가는 계급이었지만, 신라의 학문과 사상면에서 아주 중추적인 역할을 담당했다. 그러나 성골도, 진골도 아니었기에 자신들이 가진 뜻을 정치에 펴기 쉽지 않았다. 그렇기에 자신들의 포부를 펼칠 방법으로 당나라 유학을 택하기에 이르렀다. 당나라 빈공과에 합격하여 관리가 되면 다시 신라에 돌아와서도 어느 정도 인정받을 수 있기 때문이다.

고국을 떠난 최치원은 외로움 속에서도 "10년 안에 과거에 급제하여 진사가 되지 못하면 아들이 없다고 칠 테니 공부에 힘을 다하라."는 아버지의 말씀을 새기며 열심히 공부했다. 최치원은 자신의 노력에 관하여 "상투를 대들보에 걸어 매고 송곳으로 허벅지를 찔러 가며 남이 백 번 하면 나는 천 번 하는 노력을 하여 6년 만에 과거에 합격했다."고 《계원필경》 서문에 쓰고 있다. 그때 그의 나이 열여덟 살. 그는 2년 뒤(876) 선주 율수

최치원
신라의 귀족 출신으로 당에 유학하여 과거에 합격한 뒤 여러 해 동안 당에서 관리 생활을 하였다. 신라로 돌아와 정치 개혁에 나섰으나, 실패하였다.

현위가 되었다.

학문에 몰두하여 과거에 합격하기는 했으나 어린 나이에 타향살이를 하며 느끼는 쓸쓸함이 얼마나 컸을까? 비록 빼어난 재주를 지녔지만 당나라에서도 그는 이방인이었고, 돌아와서도 그는 방외인일 수밖에 없었다.

그의 시 중에 〈동풍 東風〉이란 작품이 있다. '동풍'을 글자 그대로 해석하면 동쪽에서 불어오는 바람이지만, 시를 읽어 보면 동쪽에 있는 고향에서 불어오는 바람, 곧 고향을 향한 그리움을 뜻한다.

너는 바다 밖에서 새로 불어와	知爾新從海外來
새벽 창가 시 읊는 나를 뒤숭숭하게 하지.	曉窓吟坐思難裁
고마워라, 시절 되면 돌아와 서재 휘장 스치며	堪憐時復撼書幌
내 고향 꽃피는 소식을 전하려는 듯하니.	似報故園花欲開

〈동풍〉

7언 절구의 한시*이다. 멀리 있는 고향과 자신을 연결해 주는 것은 아무것도 없다. 다만 동쪽에서 불어오는 바람만이 시인과 고향을 연결해 준다. 그렇기에 그 바람은 시인의 마음을 흔들어 놓는다. 그는 바람에게서 고향 소식을 전해 듣고, 고향의 꽃향기도 맡아 본다. 바람은 시인의 그리움을 일깨워 준다. 불어오는 바람을 느끼는 것은 촉각이며, 서재의 휘장을 스쳐 흔들게 하여 시각을 자극한다. 읽는 이들은 그 바람에서 고향의 꽃향기까지 맡게 되는 것이다.

최치원은 율수 현위 자리를 2년 만에 그만둔다. 다시 배움의 길에 정진하기 위해서였다. 그러나 얼마 지나지 않아 생활고로 인해 다시 관직에 나아간다. 이때 그는 고변이라는 사람의 도움을 받았고, 고변이 황소의 난 토벌에 나설 무렵 그의 종사관으로 임명된다. 〈격황소서〉를 지은 것도 이때이다.

- **한시의 종류** 한시는 규칙에 맞는 '율시(律詩)'와 그의 절반 형식을 가진 '절구'가 있다. 당나라 이전에 쓰인 시를 고시(고체시)라 하는데, 고시는 규칙을 지키지 않는다. 1행에 글자 수가 5개면 '5언'이 되고, 7개면 '7인'이다.
- **율시** 기승전결의 규칙을 갖고 있으며, 각각 2행씩 총 8행을 가져야 한다. 1, 2, 4, 6, 8행의 끝에 각운(시행의 끝에 있는 '운')을 지니고 있어야 한다.
- **절구** 기승전결 각각 1행씩 총 4행이 되면서 1, 2, 4행의 끝에 각운을 지닌다. 율시건 절구건 1행의 끝에는 각운이 없어도 된다.

고향에 돌아왔건만-〈추야우중〉

885년 최치원은 신라로 돌아온다. 고국을 떠난 지 17년 만이다. 당나라에서 관직에도 나아가고 벗들도 사귀었으며 당나라 희종도 인정하는 등 문명을 떨쳤으나, 그곳이 그의 설 자리는 아니었다. 그는 이방인이었기에 빼어난 재주를 지니고도 그 뜻을 펼칠 기회를 쉽사리 잡지 못했다. 그나마 당나라는 그의 실력을 인정했지만, 당나라의 기세도 서서히 기울고 있었다.

신라는 어떠했는가? 최치원은 어린 나이에 조국을 떠나 간절한 그리움 속에 살았다. 그리하여 결국은 고국으로 돌아왔지만, 현실의 벽은 높았다. 신분의 벽, 기울어 가는 신라의 국운 속에서 그가 설 자리는 좁았다. 그는 진성 여왕에게 신라의 정치를 개혁하고자 〈시무십여조〉를 올려 아찬이라는 벼슬까지 수여받았으나, 이는 실행되지 못했다.

〈추야우중〉이라는 그의 시를 읽어 보자.

가을바람에 이렇게 힘들여 읊고 있건만	秋風唯苦吟
세상 어디에도 알아주는 이 없네.	世路少知音
창밖엔 깊은 밤 비 내리는데	窓外三更雨
등불 아래 천만 리 떠나간 마음.	燈前萬里心

〈추야우중〉

5언 절구의 한시로, 비 내리는 가을밤이 배경이 된 작품이다. 계절은 쓸쓸한 가을, 시간은 밤이다. 게다가 비까지 내리고 있다. 첫 행은 가을바람 속에서 힘겹게 시를 읊는 화자의 모습이다. 가을바람은 쓸쓸한 분위기를 자아내며 외로운 화자의 정서를 심화시키고 있다. 2행에서 화자는 자신이

처한 현실을 이야기한다. 아무도 자기를 알아주지 않는 고독한 상황을 한탄하는 것이다. 1행이 자신의 모습이라면, 2행은 세상의 모습이다.

3행에서는 깊은 밤에 내리는 비를 바라본다. 한밤중의 비 역시 화자의 고독과 암울함을 심화시키는 소재이다. 4행에서 시인은 자신의 마음 상태를 노래한다. '만리심(萬里心, 만리를 달리는 마음)'은 시인의 심정을 단적으로 표현해 주고 있다. 등불 아래서 책을 읽는 화자는 마음이 여기 있는 것이 아니라 먼 곳을 바라본다. 자신을 알아주지 않는 고독한 현실에서 벗어나고자 하는 마음일 것이다.

이 구절에 대해서는 여러 의견이 있다. 이 시가 당나라 유학 중 창작되었다면 '만리'는 고향인 신라와 자신 사이의 먼 거리일 것이다. 자신을 알아주는 사람이 적다는 말도 타국에서 느끼는 이방인의 서러움이 될 것이다. 그렇다면 '만리심'은 고향을 그리워하는 마음이라 해석할 수 있다. 그러나 당나라에서 귀국한 뒤에 창작된 시라면 그 의미는 달라진다. 자신의 뜻을 펼칠 수 없는 꽉 닫힌 사회에서 멀어진 자신의 마음 또는 그런 현실을 벗어나 다른 세계를 지향하는 마음이라고 읽을 수 있을 것이다.

그 어느 것으로 읽더라도 화자의 고독과 고뇌가 전해진다. 그는 어느 곳에서도 자신의 뜻을 펼칠 수 없었다. 당나라에서는 이방인이었고, 신라에서는 한계를 지닌 6두품이었다. 그런 상황에 비해 최치원은 너무나 빼어났고, 멀리 높이 볼 수 있는 안목이 있었다. 그것은 오히려 불행이었다.

세상과 멀리 떨어져-〈제가야산독서당〉

최치원은 이제 세상을 등진 채 전국을 유랑했다. 마침내 가야산 해인사에 자리 잡고 속세의 어지러움과 멀어져 갔다. 〈제가야산독서당 題伽倻山讀書堂〉은 바로 이 시기에 쓴 시이다.

첩첩 바위 사이를 미친 듯 달려 겹겹 봉우리 울리니	狂奔疊石吼重巒
지척에서 하는 말소리도 분간키 어려워라.	人語難分咫尺間
늘 시비하는 소리 귀에 들릴세라	常恐是非聲到耳
짐짓 흐르는 물로 온 산을 둘러 버렸다네.	故敎流水盡籠山

〈제가야산독서당〉

1행의 물소리는 우리의 청각을 울린다. 미친 듯 달려들어 몇 겹의 봉우리에 울리는 웅장한 물소리가 들리는 듯하다. 그 물은 대체 어떤 의미를 지니는 것일까? 2행에서는 이 물의 의미가 한 꺼풀 벗겨진다. 물소리로 인해 가까이서 하는 말소리도 들을 수가 없다. 세상 사람들의 이런저런 말을 다 막아 주는 역할을 하는 셈이다.

3행을 보니 화자의 심경을 분명하게 알 수 있다. 화자는 옳고 그름을 가리는 세상 사람들의 소리가 싫었다. 그들의 소리는 결국 자신의 이익만을 좇고, 자기들만 잘났다는 편협하고 시끄러운 소리들이었다. 4행에서는 시각적 심상도 보태진다. 4행의 물은 시끄럽고 혼란한 세상과 화자를 갈라놓는 경계가 된다. 1행의 물소리와 4행의 산을 둘러 버린 물. 화자는 온 감각을 다해 세상에서 벗어나고자 하는 자신의 마음을 표현하였다.

어느 곳에도 설 자리가 없는 사람

최치원이 어떻게 말년을 보냈는지, 어떻게 세상을 떠났는지 확실하게 전하지는 않는다. 여기저기 떠돌았다고도 하고, 신선이 되었다는 이야기도 있다.

고전 소설 〈최치원전〉(최고운전)은 최치원의 마지막을 다음과 같이 묘사했다. 최치원은 그를 질투한 당나라 대신들의 모함으로 귀양을 갔다가 용으로 다리를 놓아 낙양으로 돌아온다. 그는 다시 고국으로 돌아와 백발이 된 아내를 소녀로 만들고, 가족을 이끌고 함께 가야산에 들어가 신선이 되었다. 전설이든 그 전설이 모태가 된 소설이든 최치원의 최후는 안개에 쌓여 있다.

뜻을 펼칠 수 없었던 천재, 최치원. 어느 곳에도 설 자리 없던 그에게 우리는 어떤 찬사를 보낼 수 있을까, 어떤 위로를 전할 수 있을까?

생각의 갈피를 찾는 물음

1 〈추야우중〉에서 시인의 외로운 마음을 단적으로 표현하고 있는 시어는 무엇인가? 〈제가야산독서당〉에서 세상과 시인을 단절시키는 소재는 무엇인가?

2 최치원이 지닌 큰 뜻은 무엇이었을까? 그리고 그가 자신의 뜻을 이룰 수 없었던 이유는 무엇일까?

한 걸음 더! 우리 문학 속으로

〈여수장우중문시〉

〈격황소서〉처럼 누군가를 꾸짖는 글이 있다. 〈격황소서〉는 일종의 격문이며, 〈여수장우중문시〉는 한시이다. 앞의 작품이 상대방을 적당히 회유하면서 한편으로 위협하는 표현이라면, 뒤의 작품은 칭찬하는 듯하지만 실은 조롱하는 반어적 표현이다.

〈여수장우중문시〉는 고구려 영양왕 23년(612) 고구려의 명장 을지문덕이 수나라 30만 대군을 맞아 살수에서 싸울 때 적장인 우중문에게 보낸 시이다. 을지문덕 장군은 일곱 번을 거짓 패하는 척하며 적군을 평양성 가까이까지 유인하는 전략으로 큰 승리를 거두었다. 3행(전구)의 그 공이 이미 높다는 것은 속아서 승리한 일곱 번을 말하는 것으로, 결국은 패하고 만 우중문을 조롱하면서 물러날 것을 강하게 요구하고 위협하는 내용이다.

그대의 신기한 책략은 하늘의 이치를 다했고　神策究天文
오묘한 계획은 땅의 이치를 다했노라.　妙算窮地理
전쟁에 이겨서 그 공 이미 높으니　戰勝功旣高
만족함을 알고 그만두기를 바라노라.　知足願云止

| 둘째 마당 |

고려 시대 둘러보기

고려 시대는 성취와 고난의 양면을 확실하게 보여 준 시기이다. 고려는 새로운 통일 국가로서 골품제의 신라 시대보다 훨씬 개방적 사회 체제를 지녔다. 지금 우리나라를 일컫는 '코리아'라는 이름도 고려에서 비롯한 만큼, 고려는 세계를 향해 문을 열었다. 중국, 일본, 아라비아, 페르시아 같은 나라와 교역을 시작한 것도 이 시기였다. 청자와 같은 세계적 문화유산이 탄생한 것도 고려 시대였다. 그러나 후기로 갈수록 내부의 정치적 혼란이 심해졌고, 숱한 외적의 침입을 당했다. 이런 속에서 고려 시대의 문학은 훨씬 폭넓고 다양해졌다.

평민 귀족 할 것 없이 향유하던 국민가요 성격의 향가는 빛이 바랬고, 평민 중심의 고려 가요가 활기를 띠었다. 입에서 입으로 전하다가 한글 창제 이후 기록되었지만, 고려인들의 가슴을 사무치게 만든 노래들이었으며 그 시대 평민들의 삶을 진솔하게 보여 주고 있다. 고려 가요는 민요에서 온 노래와 창작된 노래가 있는데, 대체로 여러 연이고 3음보의 운율을 지녔으며 여음이 있다. 〈상저가〉, 〈청산별곡〉, 〈서경별곡〉, 〈가시리〉, 〈만전춘〉, 〈정석가〉, 〈쌍화점〉 등이 대표적인 고려 가요이다.

귀족들은 경기체가를 통해 자신들의 현란한 지성을 뽐냈다. 고려 고종 때 한림의 여러 선비가 지은 〈한림별곡〉이 최초의 경기체가 작품이다. 경기체가는 고려 후기 신흥 사대부들이 사물이나 경치를 나열하면서 자신들의 호탕한 삶의 모습을 과시하는 듯한 노래이다.

한편 과거 제도의 발달로 한문학이 융성하였다. 이규보의 〈동명왕편〉, 이승휴의 《제왕운기》 등은 무신의 난과 몽골의 침입으로 이어지는 격동의 시기 속에서 민족정신을 드높인 작품들이다.

사물이나 동물을 사람처럼 의인화하여 표현한 가전체 문학도 선보였다. 사물이 의인화된 주인공의 행적을 통해 사람들에게 교훈을 주는 이러한 문학 형식은 무신 집권으로 혼란한 시기였기에 탄생할 수 있었을 것이다.

고려 말엽에는 우리나라의 대표적 정형시인 시조가 정착했다.

연대	주요 문학 작품
949~973	〈보현십원가〉
1120	〈도이장가〉
1146	〈공방전〉, 〈국순전〉
1170	〈정과정곡〉
1220	《파한집》
1241	《동국이상국집》, 〈국선생전〉, 〈백운소설〉
1254	《보한집》
1259	〈한림별곡〉
1285	《삼국유사》
1287	《제왕운기》
1330	〈관동별곡〉, 〈죽계별곡〉, 〈동동〉, 〈서경별곡〉, 〈정석가〉, 〈이상곡〉, 〈청산별곡〉, 〈만전춘〉, 〈가시리〉, 〈사모곡〉, 〈쌍화점〉, 〈상저가〉, 〈유구곡〉
1363	《익재난고》
1367	《역옹패설》
1392	《목은집》, 〈하여가〉, 〈단심가〉, 〈저생전〉, 〈정시자전〉

내우외환 속에 살아간 고려인의 비애

민중의 삶과 정서를 진솔하게 담아낸 고려 가요 – 〈상저가〉, 〈청산별곡〉

고려 민중의 아픈 사연들

지금부터 700여 년쯤 전, 고려 민중의 아픔은 무엇이었을까? 당시 살았던 사람의 입을 통해 그들의 사연을 듣는다면 이런 이야기가 아니었을까?

"뼈 빠지게 농사를 지었지만 가을이 돼서 추수를 하면 다 빼앗기고 말았지. 세금이며 비료값으로, 빚으로……. 멀건 죽 쒀서 먹고, 나무뿌리, 풀뿌리 캐서 먹다가 그만 우리 아이들이 배고파서 죽고 말았어. 귀족 집에서는 개돼지가 쌀밥을 먹는다는데. 에이, 이놈의 세상! 그때 여기저기서 농민들이 못살겠다고 들고 일어났어. 나도 반란군이 됐지. 처음에 농민군은 성도 빼앗고 탐관오리도 처단했고, 곳곳에서 관군을 이기기도 했어. 그러나 겨울을 넘기고 추수 때까지는 까마득한 봄날, 관가에서 농민들에게 식량을 나눠준다는 소문을 냈지. 함께 싸우던 동료들은 함정인 줄도 모르고 성안에 들어갔다가 갇히고 말았어. 농민군 100여 명이 식량 창고에 갇혀서 곡식과 함께 타 죽었어."

"삼별초라고 들어 봤니? 그래, 몽골의 침입에 끝까지 항쟁했던 고려의 군대야. 몽골은 40년 동안 우리나라를 짓밟았지. 몽골군이 지나간 곳은 잿더미로 뒤덮였고, 핏물이 강을 이뤘어. 드디어 1258년 몽골군과 화의가 성립되고, 정권을 장악하려는 이들이 몽골군과 결탁했어. 삼별초는 진도에 성을 쌓고 저항하다가 제주도로 거점을 옮겼지. 삼별초는 1만여 명의 원정군에 맞서 끝까지 싸웠어. 마지막까지 남은 70여 명은 한라산에 들어가 끝까지 싸우다가 장렬하게 전사했지. 우리 아버지는 최후까지 싸우다 죽은 자랑스러운 삼별초 군인이었어."

"난 몽골로 끌려간 고려의 여자, 공녀라고 불렸지. 내가 고향을 떠나던 때가 열두 살이야. 사람들은 딸이 몽골에 끌려갈까 봐 머리를 깎아 승려로 만들기도 하고, 열 살만 돼도 결혼을 시켰어. 나는 우리 어머니 아버지가 일찍 세상을 떠난 탓에 공녀가 되는 운명을 피하지 못했어. 공녀가 된 여자들은 몽골의 궁녀가 되거나, 몽골인의 첩이 되거나, 궁궐의 잡역부가 되었어. 만리타향에서 고향을 그리며 살다 간 고려판 정신대라고 할 수 있지."

공녀

《고려사》에 실려 있는 공녀에 관한 기록. 고려 말기에 공녀를 기피하려고 13~14세의 여자아이를 9~10세 된 남자아이와 혼인시키는 조혼 풍습이 생겨났다.

'오 필승 코리아, 오 필승 코리아, 오 필승 코리아! 오오레오레……'

2002년 월드컵 대회 때 온 나라를 달구었던 노래이다. 코리아! 그 이름은 어디에서 비롯했던가? 바로 고려였다. 건국 초기, 거란과의 전쟁에서 승리하여 국가의 자주권을 지켜 낸 고려는 경제와 문화를 발전시켰고, 대외 무역을 활발하게 전개하는 등 발전에 발전을 거듭했다. 그리하여 'Corea'(일제 강점기에 외래어 표기를 바꾸기 전까지는 'Corea'로 썼다)라는 이름으로 세계에 널리 알려졌다. 10, 11세기의 고려는 찬란한 문화로 우뚝 섰던 것이다.

그러나 계급 사회인 고려 사회의 민중은 사회 발전의 원동력이면서도 지배층에게 여전히 억눌리며 살았다. 민중의 고통이 깊어진다는 것은 곧 고려 사회가 곪아 간다는 표시였다. 결국 지배층에서부터 고름이 터지기 시작했다. 차별을 받던 무신들이 난을 일으킨 것이다. 그리하여 사회는 걷잡을 수 없는 혼란 속에 빠져들었다. 견딜 수 없는 농민들은 저항을 시작했다. 12세기 후반부터 13세기 초반에 걸쳐 쓰러지고 무너지면서도 농민, 천민의 항쟁은 지속되었다. 사회의 모순 속에서 돌파구를 찾던 우리 민족 앞에 시련이 닥쳐왔다. 바로 몽골의 침입이었다.

고려 평민의 노래라고 하는 고려 가요는 이러한 고려의 시대상과 당대를 살았던 고려인의 삶을 반영한다. 그들은 소박하고 정감 있는 삶을 꿈꾸었을 것이고, 혼탁한 세태에 고개를 내젓기도 했을 것이며, 현실의 비애 속에서 이상향을 꿈꾸기도 했을 것이다. 고려 가요 〈상저가〉, 〈청산별곡〉 등을 통해서 고려 시대의 삶과 문학의 단면을 살펴보기로 하자.

소박한 민중의 소망이 담긴 노래-〈상저가〉

고려 시대에는 과거 제도로 인해 한문학이 발달하였으며 고려 가요, 경기체가, 시조, 가전체 문학 등 여러 문학 형식이 발생하였다. 귀족은 귀족대로, 평민은 평민대로 문학 작품을 통해 고려 사회의 모습을 반영하였고, 때로 문학을 도피처로 삼기도 했다. 그중 고려 가요는 평민들의 삶과 정서를 진솔하게 담아낸 대표적 문학이다. 표기 수단이 없어 입에서 입으로 전하다가 조선 시대에 한글로 기록되었는데, 많은 노래가 '남녀상열지사(남녀가 서로 좋아하는 노래)'라 하여 기록 과정에서 사라지게 되었다. 남아 있

〈미륵하생경변상도〉
고려 불화에 나타난 농민. 농사를 지으며 사람들과 오손도손 살아가고자 했던 고려인의 소박한 바람은 거듭되는 내우외환 속에서 짓밟히곤 했다.

는 노래를 보면, 어머니의 사랑을 노래한 〈사모곡〉, 소박한 삶과 효심을 노래한 〈상저가〉, 축사의 노래인 〈처용가〉, 남녀 간의 사랑을 읊은 〈가시리〉, 〈서경별곡〉, 〈만전춘〉, 〈이상곡〉, 〈정석가〉, 〈쌍화점〉 그리고 삶의 비애와 이상향을 노래한 〈청산별곡〉 등이다.

이들 중 가장 소박한 삶의 모습을 보여 주는 작품인 〈상저가〉부터 살펴보도록 하자. 하나의 연으로 된 이 작품은 경쾌한 느낌을 주는 민요조의 노래이다.

> 덜커덩 방아나 찧어, 히얘.
> 거친 밥이나 지어, 히얘.
> 아버님 어머님께 바치옵고, 히야해.
> 남거든 내 먹으리, 히야해 히야해.

〈상저가〉

짤막한 노래 속에서 고려 민중의 소박한 삶의 모습을 엿볼 수 있다. 방아를 찧어 거친 밥이라도 지어 부모님께 바치고, 남으면 자신이 먹겠다는 효심이 감동적이다. 부유한 살림은 아니지만, 서로 나누며 살아가는 따뜻한 삶의 모습이 느껴진다. 아마도 이 노래는 방아를 찧으면서 불렀던 노동요였을 것이다. '히얘'라는 말은 '휴우' 하면서 숨을 몰아쉬는 의성어인 셈이다.

이렇게 부모님을 모시고 오손도손 살겠다는 소박한 삶의 모습이 짓밟히기 시작했다. 아무리 애를 써도 먹고살기 힘든 현실에 정치적 혼란과 외세의 침입까지 이어진 것이다.

이상향, 곧 삶의 도피처-〈청산별곡〉

고려 가요 중 가장 빼어난 작품의 하나로 꼽히는 〈청산별곡〉을 배우는 시간. 학생들은 고려 시대 사람들이 느끼는 삶의 고뇌와 자신들의 슬픔을 견주면서 작품을 패러디하고 있다.

> 간다 가야 한다 오늘도 가야 한다.
> 거울 보고 귀 넘기고 학생부 가야 한다.
> 얄리얄리 얄라성 얄라리 으악
>
> 울어라 울어라 엉덩이여 울어라 엉덩이여.
> 피 터지는 나의 시름 덜 길이 어디 있으랴.
> 얄리얄리 얄라성 얄라리 으악
>
> 주체 못할 긴장감에 머리 넘겨 동요하다
> 망할 놈의 억센 손이 뒷머리를 잡아챈다.
> 얄리얄리 얄라성 얄라리 으악
>
> 그대의 상고머리 모범생의 왕도라면
> 내 어찌 이 몸에 머리털을 남겨 놨겠소.
> 얄리얄리 얄라성 얄라리 으악

고1 학생의 〈청산별곡〉 패러디

머리를 기르고 싶어 하는 학생의 심정과 그것을 금지하는 학교 학생부의 갈등이 절묘하게 담겨 있다. 1연은 머리 때문에 학생부에 가야 하는 학생의 심정을, 2연은 엉덩이를 맞아 고통스러워하는 모습을 담아내고 있다. 3연은 조금이라도 머리를 짧게 보이려고 귀 뒤로 넘겨 보는 학생과 그것을 알아채고 잡아당기는 선생님의 모습이다. 규율이 엄격하고 무서운 선생님이 있는 학교의 학생들은 백 번 천 번 공감할 내용이다. 마지막 연은 작가의 한탄이다. 짧게 자른 상고머리가 모범생의 표상이라면 왜 머리를 안 자르겠냐는 물음에는 짧은 머리만이 올바른 삶의 기준은 아니라는 항의가 담겨 있다.

학생들이 모방하여 쓴 이 작품의 원본이 바로 〈청산별곡〉이다. 고려인의 삶의 고뇌와 슬픔을 상징과 비유, 반복적 표현을 통해 담아낸 빼어난 노래이다. 모두 8연으로 이루어져 있으며 'ㄹ', 'ㅇ' 음의 반복은 시의 음악적 효과를 높이고 있다. 옛 노래이기 때문에 정확한 의미를 알 수 없는 부분도 있지만, 당시의 시대상을 간접적으로나마 읽어 낼 수는 있을 것 같다. 후렴은 1연만 적었다.

살어리 살어리랏다 청산(靑山)애 살어리랏다.
멀위랑 ᄃᆞ래랑 먹고 청산애 살어리랏다.
얄리얄리 얄랑셩 얄라리 얄라.

우러라 우러라 새여 자고 니러 우러라 새여.
널라와 시름한 나도 자고 니러 우니로라.

가던 새 가던 새 본다 믈 아래 가던 새 본다.

잉무든 쟝글란 가지고 믈 아래 가던 새 본다.

이링공 뎌링공 ᄒᆞ야 나즈란 디내와숀뎌.
오리도 가리도 업슨 바므란 ᄯᅩ 엇디호리라.

어듸라 더디던 돌코 누리라 마치던 돌코.
믜리도 괴리도 업시 마자셔 우니노라.

살어리 살어리랏다 바ᄅᆞ래 살어리랏다.
ᄂᆞᄆᆞ자기 구조개랑 먹고 바ᄅᆞ래 살어리랏다.

가다가 가다가 드로라 에졍지 가다가 드로라.
사ᄉᆞ미 짒대예 올아셔 ᄒᆡ금(奚琴)을 혀거를 드로라.

가다니 ᄇᆡ브른 도긔 설진 강수를 비조라.
조롱곳 누로기 ᄆᆡ와 잡ᄉᆞ와니 내 엇디ᄒᆞ리잇고.

〈청산별곡〉

800년 전쯤 고려 사람들은 어떻게 살았을까? 타임머신을 타고 고려 시대로 가서 그 사람들의 삶의 모습을 엿볼 수는 없을까? 그들이 지닌 기쁨과 슬픔이 뭔지, 그 사람들이 마음속에 품었던 생각들이 어떤 건지 알아볼 수는 없을까? 고려 시대에 지어진 〈청산별곡〉을 읽으면서 그런 생각을 했을 것이다. 이런 막연한 바람이 이루어져 타임머신을 타고 800년 전으로 간다고 생각해 보자. 어떤 이야기를 주고받을까? 서로 이야기가 잘 통할 수 있을까? 말이란 세월에 따라 변하는데 수백 년 세월 동안 얼마나 많이 변했을까? 서로 의사소통이 안 될 정도일지도, 누군가 고려 시대의 말을 잘 아는 사람이 중간에 통역을 해야 할지도 모른다.

〈청산별곡〉을 읽을 때도 우리는 가장 먼저 무슨 뜻인지 이해해야 한다. 시에 담긴 깊은 의미를 찾아내는 것보다 더 먼저 해야 할 일, 그것은 작품의 일차적 의미를 알아야 하는 것이다. 왜? 고려 시대와 지금 시대 사이에는 천 년이라는 시간의 흐름이 존재하기 때문이다.

1연부터 8연까지의 일반적인 현대어 풀이를 살펴보자.

- 1연 : 살겠노라 살겠노라. 청산에서 살겠노라. 머루와 다래를 먹으며 청산에서 살겠노라.
- 2연 : 우는구나 우는구나 새여, 자고 일어나 우는구나 새여. 너보다 시름이 많은 나도 자고 일어나 울고 있노라.
- 3연 : 갈던 사래, 갈던 사래를 보았느냐. 물 아래 들판으로 갈던 사래를 보았느냐. 이끼 묻은 연장을 가지고 물 아래 갈던 사래를 보았느냐.
- 4연 : 이럭저럭 하여 낮은 지내 왔지만 올 사람도 갈 사람도 없는 밤은 또 어찌할 것인가.
- 5연 : 어디에 던지던 돌인가? 누구를 맞히려던 돌인가. 미워할 사람도 사랑할 사람도 없이 혼자 맞아서 울며 다니노라.
- 6연 : 살겠노라 살겠노라. 바다에 살겠노라. 해초, 굴, 조개랑 먹고 바다에서 살겠노라.

- 7연 : 가다가 가다가 듣노라. 외딴 부엌을 지나가다 듣노라. 사슴이 장대에 올라서 해금을 켜는 것을 듣노라.
- 8연 : 가다 보니 불룩한 독에 독한 술을 빚는구나. 조롱박꽃 같은 누룩이 독해 나를 붙잡으니 내 어찌할 것인가.

도대체 청산이 어디기에 청산에서 살고 싶다는 것일까? 바다는 또 어떤 곳일까? 이 노래를 부른 사람은 어떤 사람일까? 이 노래에 담긴 처절한 슬픔과 고독은 무엇 때문일까? 여러 가지 물음이 고개를 쳐들 것이다.

청산은 어디일까? 1연에서 화자는 청산에 살고 싶다고 말한다. 그렇다면 화자가 살고 싶어 하는 청산은 어디인가? 말 그대로 풀이하면 청산은 '풀과 나무가 무성한 푸른 산'이다. 그러나 이 노래에서 말하는 청산은 단순히 그런 의미는 아니다. 화자가 살고 싶은 곳, 즉 이상 세계이거나 도피처일 것이다. 화자가 살고 있는 현실은 청산이 아닌 곳, 청산과 반대되는 곳인 셈이다. 그렇기에 청산에 살고 싶다고 노래하고 있는 것이다. 6연의 '바다' 역시 청산과 같은 의미를 지닌다. '산과 바다'는 '산과 호수', '강산', '강호' 등의 말처럼 자연을 대표하는 말일 것이다. 그 자연은 예부터 지금까지 인간에게 도피처이거나 위안, 동경의 장소이며 경외로운 장소를 의미했다.

그렇다면 이 노래를 부른 사람은 어떤 사람일까? 시 전편을 읽어 보면 눈물과 고독, 방황 속에서 살았던 사람임을 알 수 있다. 2연에서 화자는 새의 울음에 자기감정을 담는다. 화자에게 새는 노래하며 날아오르는 존재가 아니라 끝없는 서러움을 지닌 존재이다. 그는 사랑하는 임과 이별한 여인일 수도 있고, 전쟁 때문에 폐허가 된 땅을 바라보는 농부일 수도 있고, 전쟁이 휩쓸고 간 현실을 괴로워하는 지식인일 수도 있다. 3연의 '가던 새', '잉무든 장기'가 그 실마리를 주는 부분이다. '가던 새'는 지나가던 새, 갈던 사래(밭), 나를 버리고 떠난 임 등으로 해석하며, '잉무든'도 이끼 묻은 또는 날이 무딘으로 풀이한다. '장기'는 농기구인 쟁기, 싸움터에서 쓰는 병기, 은장도 등으로 풀이하고 있다.

어떻게 풀이하느냐에 따라 화자의 처지가 조금씩 달라지지만, 삶의 비애와 고독을 느끼는 모습은 공통적이다. 그는 늘 울 수밖에 없는 서러운 사람이며, 올 사람도 갈 사람도 없어 밤이 두려울 만큼 고독 속에 사는 사람이며, 어디에서 날아왔는지 모를 운명의 돌에 맞아 고통스럽게 우는 사람이다.

이렇게 〈청산별곡〉에 그려진 세계는 민중의 고난에 찬 삶의 모습이다. 자기 마을에서 살지 못하고 유랑하는 삶, 난을 일으킨 뒤 숨어 지내야 하는 삶, 전쟁으로 파괴된 삶이다. 그래서 이 노래의 화자는 이상 세계 또는 삶의 도피처인 청산과 바다를 노래했다. 그러나 현실을 피해 갈 수 있는 이상 세계는 없었다. 그는 뭔가 기적이 일어나길 바라는 심정으로 사슴이 장대에 올라가서 해금을 켜는 것을 본다. 아마도 사슴 탈을 쓴 광대의 공연인지도 모른다. 술에 취해 괴로운 현실을 잊고자 하는 것일 수도 있다.

학자들은 이 노래가 청산에 들어가 머루나 다래를 따 먹고 살아야 하는 민중의 괴로운 삶, 특히 유랑민의 처지를 나타낸 민요라 보기도 했고, 실연의 슬픔을 잊기 위하여 청산으로 도피하고 싶어 하는 노래라 보기도 했으며, 속세의 번뇌를 해소하기 위해 청산을 찾아 기적과 위안을 바라는 지식인이라 보기도 했다. 어떻게 보든 이 노래에는 고려 사람들이 겪었을 삶의 비애가 고스란히 담겨 있다.

방아를 찧어 거친 밥이라도 지어서 부모님께 드리고, 남은 것은 내가 먹겠노라는 소박하고 정감이 넘치는 〈상저가〉의 세계. 어쩌면 그것이야말로 고려 사람들이 바라는 '청산' 같은 세상이었는지 모른다. 그러나 농민의 난, 무신의 난, 몽골의 침입 등으로 이어지는 내우외환 속에서 민중의 소박한 꿈은 짓밟혔다.

천 년 가까운 세월이 지난 지금 우리는 그때의 노래를 다시 읊조리며 우리의 역사를 되돌아보고, 그 역사 속의 삶을 상상해 보고, 삶이 문학 속에 스며들었음을 새삼 느낀다. 지금 우리의 삶은 어떤 노래 속에 어떻게 담길까 생각하면서…….

생각의 갈피를 찾는 물음

1 고려 사람들이 겪었던 삶의 아픔은 어디에서나 있는 인간의 고통 외에 또 무엇에서 비롯하는가?

2 〈청산별곡〉은 현실의 고뇌와 비애에서 벗어나기 위해 어떤 세계를 상정하고 있으며, 결국 택하게 되는 방법은 무엇인가?

〈사모곡〉

호미도 날이지만
낫같이 들 리도 없습니다.
아버님도 어버이시지만
위 덩더둥셩
어머님같이 사랑하실 분이 없습니다.
아, 임이시여! 어머님같이 사랑하실 분이 없습니다.

어머니의 깊고 큰 사랑을 노래한 고려 가요로 《시용향악보》에는 사설과 악보가, 《악장가사》에는 가사만 전한다. 이 노래의 화자는 아버지의 사랑보다 어머니의 사랑이 훨씬 크고 자애롭다는 내용을 호미와 낫의 비유를 통해 소박하게 표현하고 있다.

왜 하필 호미와 낫에 비유했을까? 농경 사회에서 흔히 쓰는 도구를 통해 어머니의 절대적 사랑을 담아내고자 했으리라. 당연히 작가나 이 노래를 불렀던 사람도 농민이었을 것이다. 지금 우리가 어머니의 사랑을 노래한다면 어떤 비유를 쓰면 좋을까?

〈유구곡〉

비둘기 새는
비둘기 새는
울음을 울지만
뻐꾸기라야
난 좋아.
뻐꾸기라야
난 좋아.

〈유구곡〉은 작자와 연대를 알 수 없는 고려 가요이다. '비두로기' 라고도 한다. 한 연으로 된 짧은 노래로 어린이들이 불렀으리라 추측하기도 한다. 내용상 고려 예종이 지은 〈벌곡조伐谷鳥〉와 같은 것이라고 보는 설도 있다.

비둘기는 울음소리도 작고 잘 울지 못하는 새이기에 임금에게 소신대로 말하는 신하가 아닌 것이다. 뻐꾸기는 맑고 부드럽게 오래 우는 새이다. 예종은 신하들이 자신의 허물과 정치적 잘잘못을 제대로 말해 주기 바라는 마음에서 〈벌곡조〉를 지었다고 한다. 그런 맥락에서 비둘기는 직간하지 못하는 신하, 뻐꾸기는 소신 있게 직언을 서슴지 않는 신하라고 볼 수 있다.

〈정과정곡〉

한글로 기록된 노래 중 유일하게 작자를 알 수 있는 노래이다. 고려 의종 때 정서가 지은 노래로 임금을 그리워하는 노래, 즉 '충신연주지사(忠臣戀主之詞)'이다. 인종의 총애를 받던 정서는 의종 즉위 후 동래에 유배를 가게 되었다. 왕은 적절한 시기에 불러들일 것이라 말했건만, 오랜 시간이 지나도 부르지 않았다. 정서는 자신의 심정을 하소연하기 위해 이 노래를 지어 불렀다고 한다. 자신의 호를 과정(瓜亭)이라고 하여 이 노래를 '정과정곡'이라 했으며, 곡조의 이름을 따서 '삼진작(三眞勺)'이라고도 한다.

내가 임(임금)을 그리워하여 울고 지내니
산에서 우는 접동새와 나는 비슷합니다.
(저에 대한 혐의가 사실이) 아니며 거짓인 줄을, 아!
지는 달과 새벽 별은 알 것입니다.
넋이라도 임과 함께 살아가고 싶어라.
(저를) 헐뜯은 사람이 누구였습니까?
저는 결코 아무런 잘못도 없습니다.
그것은 뭇사람의 참언이었습니다.
슬프도다. 아!
임께서 저를 벌써 잊으셨습니까?
아, 임이시여! 마음을 돌이켜 다시 사랑해 주소서.

남녀상열지사의 본모습

사랑과 이별을 노래한 고려 가요 – 〈서경별곡〉, 〈쌍화점〉, 〈만전춘〉, 〈가시리〉

남녀상열지사라 불린 고려 가요

사랑을 주제로 한 노래는 예나 지금이나 사람의 마음을 울린다. 요즘 우리 주변에서 많이 들리는 노래도 가만히 들어보면 사랑을 노래하고 있다. 요즘 세대들의 사랑을 담은 가요와 이미 600여 년 전 고려 사람들이 불렀던 노래 사이에는 공통점과 몇 가지 차이점이 있다. 600년 전 사람들 사이에 유행하던 노래, 즉 그 시절의 유행 가요도 사랑을 주제로 한 것이 많았다는 점이 큰 공통점이다. 차이점은 사랑을 노래하는 표현 방식이다. 그 시대 사람들의 사랑법이 달랐으니 내용도 차이가 있을 것이고 곡조도 다를 것이다. 600여 년 전 고려 사람들은 어떤 사랑 노래를 불렀을까?

고려 시대에 널리 불렸던 노래 가운데 대표적인 것이 고려 가요이다. 고려 말에 널리 불리다가 조선 초 《악장가사》, 《시용향악보》, 《악학궤범》 등에 실렸다. 고려 가요는 '고려 속요', '속요', '고려 속악 가사', '속악 가사', '별곡' 등 여러 이름으로 불린다. 흔히 부르는 대로 우리는 '고려 가요'라는 용어를 쓰기로 하자.

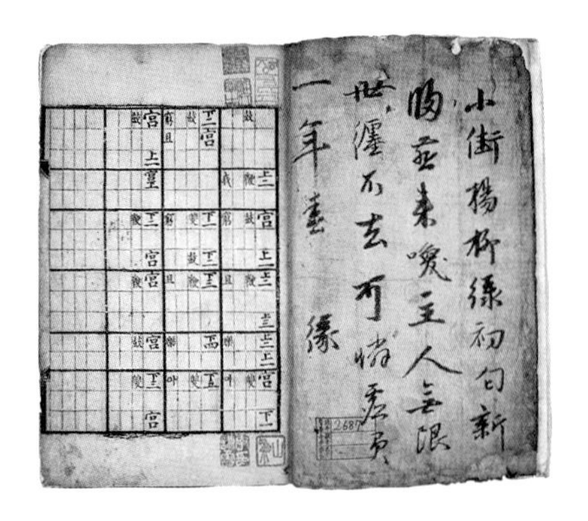

《시용향악보》

《악장가사》, 《악학궤범》과 함께 조선 시대 3대 가요집에 속한다. 다른 악보에는 전하지 않는 고려 가요가 상당 수 전하고 있다.

《악학궤범》

조선 성종 때 만들어진 악보집. 궁중 음악과 민중의 음악에 관한 이론 및 제도, 법식을 그림과 함께 한글로 설명하였다.

고려 가요는 입에서 입으로 전하다가 조선 초에 앞에서 말한 몇몇 책에 정리되었다. 정리하는 과정에서 조선의 학자들은 '남녀상열지사'라 하여 노래를 많이 빼 버렸다. 남녀상열지사는 말 그대로 '남자와 여자가 서로 사랑하고 기뻐하는 노래'라는 뜻이다. 유교 사상을 가진 조선의 학자들이 남녀의 사랑 노래를 좋다고 했을 리 없다. 더구나 육체적 사랑조차 거리낌 없이 노래했으니 말이다. 그렇다 보니 우리가 지금 볼 수 있는 고려 가요 가운데 남녀의 사랑을 담은 노래는 그리 많지 않다. 〈쌍화점〉, 〈이상곡〉, 〈만전춘〉이 남녀상열지사라 부를 만한 노래이며, 남녀의 사랑과 이별을 담은 노래로 〈서경별곡〉, 〈정석가〉, 〈가시리〉 등이 있다. 그 밖에 평민의 생활 감정을 담은 노래, 현실 체념의 노래 등 다양한 내용이 있다.

정리 과정에서 고려 가요가 많이 사라져 남녀 간의 사랑 노래가 몇 편 남아 있지 않다 해도 '사랑'이라는 주제는 고려 가요의 큰 특징 가운데 하나이다. 조선 시대 학자들은 '그 표현이 속되어 책에 실을 수 없다.'고 했지만, 진솔한 사랑의 감정을 담은 고려 가요가 더 많이 전해졌더라면 고려 사람들의 생활과 감정을 더 잘 알 수 있었을 텐데 하는 아쉬움이 크다.

남녀상열지사라는 특징과 함께 고려 가요의 특징으로 들 수 있는 것은 '여음'이다. 악기 소리를 흉내 낸 듯한 후렴구인데, 고려 가요가 노래로 널리 불렸음을 알게 해 준다. 〈청산별곡〉의 '얄리얄리 얄랑셩', 〈서경별곡〉의 '위 두어렁셩 두어렁셩 다링디리', 〈동동〉의 '아으 동동 다리' 같은 여음구는 얼마나 음악적인가!

자, 이제 사랑과 이별을 노래한 고려 가요 속으로 들어가 보자.

구운 밤에 싹이 나거든–〈정석가〉

사랑이라는 말 앞에 어떤 관형어가 붙으면 좋을까? 가장 먼저 생각나는 말은 무엇인가? 이런 질문을 받으면 어떤 대답이 많이 나올까? '영원한?' '아름다운?' '슬픈?' 이런 말들은 사랑이 지니는 속성을 그대로 드러낸다. 가장 바라는 말은 당연히 '영원한'이 아닐까? 예부터 사람들은 영원한 사랑을 꿈꾸었을 테니.

영원한 사랑을 축원하는 고려 가요는 아무래도 〈정석가〉일 듯하다. 이 노래는 민간에서 불리다가 궁중 연회에서 사용된 송축가로 알려져 있다. 작가와 창작 연대는 확실하지 않다.

> 징(鄭, 鉦)이여 돌(石)이여 지금에 계시옵니다.
>
> 징이여 돌이여 지금에 계시옵니다.
>
> 이 좋은 태평성대에 노닐고 싶사옵니다.

사각사각 가는 모래 벼랑에
사각사각 가는 모래 벼랑에
구운 밤 닷 되를 심으오이다.
그 밤이 움이 돋아 싹이 나야만
그 밤이 움이 돋아 싹이 나야만
유덕하신 임 여의고 싶습니다.

옥으로 연꽃을 새기옵니다.
옥으로 연꽃을 새기옵니다.
바위 위에 접을 붙이옵니다.
그 꽃이 세 묶음 피어야만
그 꽃이 세 묶음 피어야만
유덕하신 임 여의고 싶습니다.

무쇠로 철릭(쇠로 된 군복)을 마름질해
무쇠로 철릭을 마름질해
철사로 주름을 박습니다.
그 옷이 다 헐어야만
그 옷이 다 헐어야만
유덕하신 임 여의고 싶습니다.

무쇠로 황소를 만들어다가
무쇠로 황소를 만들어다가

쇠나무 산에 놓습니다.
그 소가 쇠풀을 다 먹어야
그 소가 쇠풀을 다 먹어야
유덕하신 임 여의고 싶습니다.

구슬이 바위에 떨어진들
구슬이 바위에 떨어진들
끈이야 끊어지겠습니까.
천년을 외따로이 살아간들
천년을 외따로이 살아간들
믿음이야 끊어지겠습니까.

〈정석가〉

이 시는 크게 세 부분으로 나뉜다. 1연은 태평성대를 바라는 마음을 담아냈고, 2연부터 5연까지는 불가능한 상황을 설정함으로써 역으로 영원한 사랑을 노래한다. 마지막 부분에서는 임을 향한 끝없는 사랑과 믿음으로 마무리하고 있다.

2연부터 5연까지의 내용은 그리 낯설지 않다. 지금도 널리 사용하는 사랑의 표현 방법이다. 구운 밤에 싹이 난다는 것은 실현 불가능한 일이다. 그런 불가능한 일이 이뤄지면 임과 이별하겠다니, 결코 이별하지 않겠다는 의미다. 옥으로 된 연꽃을 바위에 심어 꽃이 피어나고 무쇠에 철사로 꿰맨 옷이 다 헐어야 임과 헤어지겠다는 말도 마찬가지다.

누구를 향한 것이든 이렇게 영원한 사랑은 오랜 세월에 걸쳐 인간의 큰 바람이다. 영원한 사랑을 이루기엔 인생이 유한했고, 상황이 격변했으며, 사람들의 마음이 흔들렸으니 말이다.

임의 마음을 앗아 갈까 두려워–〈서경별곡〉

예부터 강은 이별의 상징처럼 여겨져 왔다. 눈물을 흘리며 강물을 바라보는 여인의 모습은 우리나라의 가장 오래된 노래 중 하나인 〈공무도하가〉에서 찾아볼 수 있었다. 강물을 건너던 임이 물에 휩쓸려 가자 울고 있는 여인의 모습이다. 우리에게 친근한 전설 〈견우와 직녀 이야기〉에서도 강을 사이에 둔 연인의 모습을 발견한다. 그들이 애타게 그리워하며 건너지 못한 강은 별들의 강, 은하수였다.

그리스 신화 속의 오르페우스는 또 어떤가? 그는 그리스 신화 속에 나오는 최고의 시인이며 음악가이다. 사랑하는 아내 에우리디케가 죽자 그는 지옥의 강을 건너 지옥의 신 하데스 앞에까지 간다. 사랑하는 아내를 잃은 비통함을 노래하는 그의 음악에 모두가 눈시울을 적시고, 결국 하데스는 오르페우스가 아내를 데려갈 것을 허락한다. 단 지상에 이를 때까지 뒤를 돌아보지 말라는 조건이 있었다. 그러나 마지막 관문에 이르기 직전, 그는 아내가 잘 따라오고 있는지 너무나 궁금하여 뒤를 보고 만다. 아내의 영혼은 다시 지옥으로 향하고, 오르페우스는 아내의 뒤를 따르지만 따라갈 수 없었다. 그는 일곱 날을 아무것도 먹지 못하고 강가에서 비통해한다. 산 자와 죽은 자를 가로막는 지옥의 강 앞에서 오르페우스는 얼마나 슬펐을까!

고려의 노래 속에서도 강을 사이에 둔 이별을 발견한다. 대동강에서 이별을 맞는 여인의 슬픔을 노래한 〈서경별곡〉이 그것이다.

서경(평양)이 서울이지만
새로 닦은 곳인 작은 서울을 사랑합니다마는
(임과) 이별하기보다는 차라리 길쌈 베를 버리고라도
사랑만 해 주신다면 울면서 따르겠습니다.

구슬이 바위에 떨어진들
끈이야 끊어지겠습니까?
천년을 헤어져 살아간들
믿음이야 끊어지겠습니까?

대동강 넓은 줄 몰라서
배 내어 놓았느냐, 사공아!
너의 각시 바람난 줄 몰라서
배에 몸을 실었느냐, 사공아
대동강 건너편 (임은) 꽃을
배를 타고 가기만 하면 꺾을 것입니다.

〈서경별곡〉

〈서경별곡〉은 임과 이별하는 한 여인의 애절한 심정을 노래한 시가이다. 이 시는 내용상 세 부분으로 나뉜다.

첫 부분에서 여인은 자신이 살던 정든 고향도 길쌈, 즉 베짜기라는 자기의 생활도 모두 버리고 임을 따르겠다는 뜨거운 사랑을 보여 주고 있다. 사는 곳을 버리고 자신의 생계를 지켜 주는 베짜기도 버리고 오직 사랑을 위해 임을 따르겠다는 절절한 심정의 토로이다. 물론 그렇게 할 수 없었을지도 모른다. 임이 그것을 원하지 않았는지도 모른다.

두 번째 부분은 남자가 노래하는 부분이라는 해석도 있고, 떠나는 임을 향한 호소라고 볼 수도 있다. 남성 화자의 목소리라고 말하는 이유는 임을 따르겠다고 애절하게 노래하던 여인이, 또한 세 번째 부분에서는 임을 태워 떠나는 대동강 사공을 원망하던 여인이 갑자기 사랑의 영원함과 믿음을 노래하는 것이 부자연스럽다는 것이다.

이 부분은 참으로 세련된 비유를 사용하고 있다. 구슬이 부서지더라도 그 구슬을 이은 끈은 끊어지지 않듯, 헤어지더라도 믿음은 사라지지 않는다고 노래한다. 믿음을 끈에 비유하여 영원한 사랑을 강조한다. 고려 가요 〈정석가〉에도 이와 같은 구절이 있는 것으로 보아 당시 사람들 사이에서 흔히 쓰이던 관용적 표현이 아닐까 추측하기도 한다.

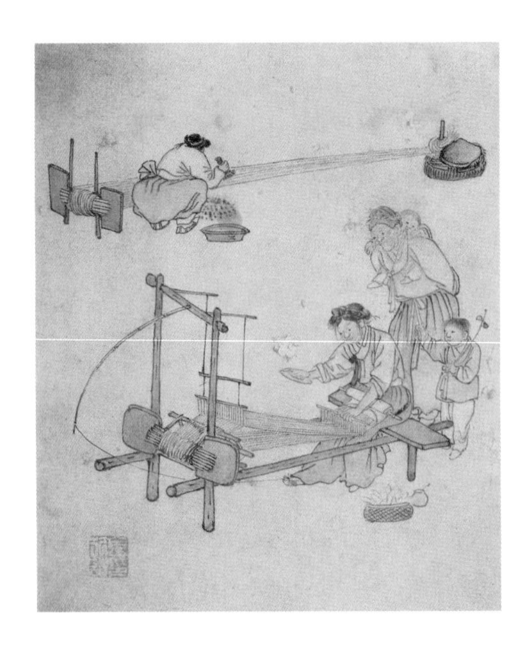

〈길쌈〉
실을 내어 옷감을 짜는 일을 통틀어서 길쌈이라 한다. 물레질과 베짜기는 여성의 가내 노동 가운데도 중요한 것이었다. 김홍도 그림.

세 번째 부분에서 여인의 감정은 고조된다. 이별의 아픔은 원망으로까지 나아간다. 배를 띄워 임을 태워 가는 사공은 원망의 표적이 된다. 여인은 임과 나를 가로막는 드넓은 대동강 물을 이별의 공간으로 인식하는 것이다. 대동강은 임과 나를 헤어지게 할 뿐 아니라 두려움을 주는 공간이다. 강을 건너가면 임은 다른 여인을 사랑하게 될지도 모르기 때문이다. 즉 강은 이별이라는 사건이 일어나는 공간이며, 이별을 확인하고 거리감을 느끼게 해 주는 공간이며, 임과 나를 가로막는 장애물이며, 임의 사랑을 변하게 할지도 모르는 두려움의 대상이다.

강 앞에서 이별을 부정하고 사랑의 영원함을 믿어 보기도 하다가 다시 이별의 상황을 원망하는 여인의 눈물이 또 한 차례 강물을 적신다. 여전히 강물은 그대로 유유히 흐르지만…….

혼란한 시대, 타락한 세상-〈쌍화점〉, 〈만전춘〉

고려 사회의 타락과 부패를 고스란히 보여 주는 노래가 바로 〈쌍화점〉이다. 충렬왕 때 지어졌을 것으로 여겨지는 이 노래는 모두 4연으로 이루어져 있다. 각 연은 다음과 같은 구조이다.

> (어디)에 (무엇 하러) 갔더니 / (누가) 내 손목을 쥐었습니다. / 이 말이 이 (어디) 밖에 나며 들며 하면 다로러거디러 / 조그마한 (누구야) 네 말이라 하리라. / 더러둥셩 다리러디러 다리러디러 다로러거디러 다로러 / 그 자리에 나도 자러 가리라. / 위 위 다로러거디러 다로러 / 그 잔 데같이 답답한 데 없다.

줄 친 부분은 악기 소리를 흉내 낸 여음구이다. 그러고 보니 이 노래도 여러 연으로 되어 있으며, 여음구가 있는 고려 가요의 형식상 특징을 고스란히 보여 주고 있다.

쌍화점(만둣집)에 만두 사러 갔더니만
회회(몽골인) 아비 내 손목을 쥐었어요.
이 소문이 가게 밖에 나며 들며 하면 다로러거디러
조그마한 새끼 광대 네 말이라 하리라.
더러둥셩 다리러디러 다리러디러 다로러거디러 다로러
그 잠자리에 나도 자러 가리라.
위 위 다로러거디러 다로러
그 잔 데같이 답답한 곳 없다.

〈쌍화점〉 1연

'쌍화'는 만두 비슷한 음식이며, 회회 아비는 몽골인으로 보기도 하며 이슬람인으로 보기도 한다. 쌍화점에 쌍화를 사러 갔더니 그 집 주인이 아마도 여자인 것처럼 여겨지는 화자의 손목을 쥐었다는 것이다. 여자는 이 말이 가게 밖에 들락날락하면, 즉 소문이 나면 조그만 새끼 광대가 소문낸 것으로 알겠다고 말한다. 그랬더니 누군가 또 다른 화자가 그 잠자리에 나도 자러 가고 싶다고 말한다. 이어 첫 화자가 그 잔 데처럼 답답한 곳(지저분한 곳)이 없노라고 말한다.

한 연만 보아도 건전하지 못한 사회 풍조가 눈에 펼쳐지는 듯하다. 문란한 남녀 관계가 드러나고, 그것을 부러워하는 듯한 이야기가 오고 간다.

2연에서는 시의 첫 화자가 삼장사라는 절에 등불을 켜러 갔더니 그 절의 주지가 손목을 쥔다. 그 소문이 절 밖에 나면 새끼 상좌(광대)의 말이라 하겠노라는 내용이다. 역시 또 다른 화자가 부러워하는 내용이 이어진다. 3연에서는 우물과 용이 등장한다. 학자들은 이 용을 임금을 상징하는 소재로 보기도 한다. 4연에서는 술집과 술집 주인이 나온다.

〈쌍화점〉은 고려의 사회상을 고스란히 반영한 노래이다. 고려는 태조 왕건의 훈요십조에서 밝힌 대로 불교를 숭상하는 나라였다. 불교는 왕실과 귀족들의 보호를 받으며 대토지를 소유하는 등 막강한 권력을 갖고 있었다. 물질적 풍요와 정치적인 비호를 받는 종교는 타락할 수밖에 없었다. 고려 후기에 이르면서 불교 사원은 온갖 부패의 온상지가 되었다. 수십 년에 걸친 몽골의 침략으로 정치 사회적 혼란의 징후도 찾아볼 수 있다. 〈쌍화점〉이 불렸다는 충렬왕 시대 이후 고려의 정치 상황은 끝없는 반목과 다툼과 부패로 이어졌다. 사회 풍속도 어지러웠고, 도덕적으로도 건강함을 잃어 갔다. 실제로 충렬왕은 궁중에서 여러 미녀에게 남자 복장을 입혀 이 노래를 합창하게 하고, 자신은 간신들과 어울려 술을 마시며 즐겼다고 한다.

그렇다면 '〈쌍화점〉이라는 노래는 그 내용이나 불리던 정황으로 미루어 문학 작품으로 문제가 있는 것 아닌가?' 하고 생각해 볼 수도 있다. 하지만 그렇지 않다. 이 노래에는 은유를 통한 날카로운 현실 풍자가 담겨 있으며, 그 사회에 대한 비판 의식이 자리하고 있다. 이 노래가 불리던 그 시기에도 노래를 부르고 즐기며 쾌락에 빠져든 사람이 있는 반면, 이 노래를 통해 사회를 비판하는 사람이 있었을 것이다. 그리고 천 년 가까운 세월이 지난 지금, 문학 작품인 〈쌍화점〉을 통해 고려 사회의 모순을 바라보고 그것을 표현한 문학 정신을 읽어 내는 독자들이 있는 것이다.

왕을 비롯한 귀족들이 쾌락에 빠져 부른 노래 또는 타락한 고려 사회를 풍자한 노래가 〈쌍화점〉이라면, 평민들의 뜨거운 사랑을 담은 노래는 〈만전춘〉(〈만전춘별사〉라고도 함)이라고 할 수 있다. 이 노래의 정열적인 사랑 표현은 지금 우리가 들어도 눈이 휘둥그레질 정도다.

얼음 위에 대나무자리를 펴서
임과 나와 얼어 죽을망정
얼음 위에 대나무자리를 펴서
임과 나와 얼어 죽을망정
정 나눈 오늘 밤 더디 새시라 더디 새시라.

〈만전춘〉 1연

1연은 얼음 위에 대로 만든 이부자리를 펴서 임과 함께 얼어 죽을망정 정을 나눈 오늘 밤 더디 새라는 내용이다. 2연에서는 떠나는 임을 그리며 밤을 지새우는 애처로움과 사랑의 고독을 노래하고 있으며, 3연에서는 사랑의 배신에서 오는 한을 노래한다. 4연은 무절제한 사랑을 은근히 풍자하는 내용이며, 5연은 이별 없는 영원한 만남을 기원하는 내용이다. 그 이전에도 그 이후에도 찾기 힘든 뜨거운 사랑 노래, 고려는 이런 사랑 노래가 불릴 수 있는 사회였다. 이는 고려 사회가 점점 절제를 잃었기 때문일 수도 있고, 고려의 현실이 뜨거운 사랑 노래 속으로 도피할 수밖에 없도록 만들었기 때문이기도 할 것이다.

이별의 정한-〈가시리〉

〈가시리〉는 작자와 연대를 알 수 없는 고려 가요이다. 현대어로 풀이하면 다음과 같은 내용이다.

> 가시렵니까, 가시렵니까.
>
> (나를) 버리고 가시렵니까.
>
> 나는 어찌 살라 하고
>
> 버리고 가시겠습니까.
>
> 잡아 둘 것이지만은
>
> 서운하면 (다시) 아니 올까 두려워
>
> 설운 임 보내옵나니.
>
> 가시자마자 돌아오십시오.
>
> 〈가시리〉

짧은 노래이지만 그 속에 담긴 이별의 슬픔은 가늠할 수 없을 만큼 깊다. 특별히 어려운 말도 고도의 상징이나 은유도 없다. 그저 자기 마음을 직설적으로 표현했을 뿐이다. 가만히 읽어 보면 화자의 마음이 네 단계의 변화를 겪고 있음을 알 수 있다.

첫 번째 단계는 '놀라움' 또는 '충격'이라 이름 붙일 수 있지 않을까. "가시렵니까, 가시렵니까. 버리고 가시렵니까." 부분이다. 임이 나를 버리고 떠난다는 사실을 인식한 상태이다. 만일 사랑하는 사람이 나와 헤어지겠다는 말을 전한다면 나의 마음은 어떨까? 그야말로 충격, 놀라움, 슬픔 등의 감정이 솟구칠 것이다.

이어 두 번째 단계에서 그 슬픔은 고조된다. 슬픔을 넘어 절망에까지 이른다. 임이 나를 떠나면 나는 살 수 없다는 말까지 나온다. 임이 나를 떠난다면 내 삶은 의미가 없다는 안타까운 탄식이 배어 있다.

그러나 세 번째 단계에서 화자는 마음을 추스르고 다잡는다. 떠나겠다는 임을 구태여 잡는다면 임은 더더욱 내게서 멀어질 뿐이라는 걸 깨닫는다. 잡아 두고 싶지만 임이 화가 나서 영원히 돌아오지 않을까 그것이 두렵다. 지금의 이 이별을 영원한 이별이 아니라 믿고 있는 것이기도 하다.

마지막 맺음 부분에서 우리는 이별의 슬픔을 감추고 임을 보내는 화자의 모습을 볼 수 있다. 눈물과 슬픔을 안으로 삭이면서 곧 돌아오기를 기원하는 깊고 그윽한 사랑을 느끼는 것이다.

사람들은 고려 가요 〈가시리〉를 이야기하면서 이 이별의 정한은 민요인 〈아리랑〉과 현대시 〈진달래꽃〉에 이르기까지 한민족 가슴에 흐르는 전통이라고 말한다. 그리고 그 정서는 우리 민족의 고유한 운율이라 할 수 있는 3음보의 율격과도 통하고 있다. "가시리/가시리/잇고/버리고/가시리/잇고", "아리랑/아리랑/아라리요", "나보기가/역겨워/가실 때에는" 모두 3음보의 율격이다. 이렇게 사랑의 정한은 민요조 3음조에 담겨 세월을 넘어 우리에게 다가온다.

생각의 갈피를 찾는 물음

1 고려 가요 중 사랑의 기쁨을 노래한 작품이 있는가? 찾기 힘들다면 그 까닭은 무엇일까?

2 고려 가요의 일반적인 특징을 정리해 보자.

한 걸음 더! 우리 문학 속으로

〈이상곡〉

〈이상곡 履霜曲〉은 '서리 밟는 노래'라는 뜻으로, 만날 길 없는 임을 향한 그리움과 저승길에서나마 만나기를 기약하는 애절한 마음을 담았다.

비 오다가 날이 개어 다시 눈이 많이 내린 날에
서리어 있는 나무 숲 좁디좁은 굽어 도는 길에
다롱디우셔 마득사리 마득너즈세 너우지
(이렇듯) 잠을 빼앗아 가신 임을 그리워하여 (이 밤을 또 지새우는가)
(한 번 가신) 그이야 어찌 이런 무시무시한 길에 자러 오시겠습니까?
때때로 벼락이 내리어 무간지옥(無間地獄)에 떨어져
바로 죽어 갈 내 몸이
때때로 벼락이 내리어 무간지옥에 떨어져
바로 죽어 갈 내 몸이
임을 두고 다른 임을 따르겠습니까?
이렇게 저렇게
이렇게 저렇게 하고자 하는 기약이야 있사오리까?
아, 임이시여! (오직 죽어서라도) 임과 함께 가고자 하는 기약뿐입니다.

〈동동〉

우리 문학 최초의 월령체(달별로 읊은 노래)로 분연체, 후렴구 등 고려 가요의 일반적인 특징을 드러내고 있다. 노래 전체에 임을 향한 축원과 사랑, 원망과 그리움을 표현하고 있다.

> 덕(德)으란 곰ᄇᆡ예 받ᄌᆞᆸ고 복(福)으란 림ᄇᆡ예 받ᄌᆞᆸ고
>
> 덕이여 복이라 호ᄂᆞᆯ 나ᅀᆞ라 오소ᅌᅵ다.
>
> 아으 동동(動動) 다리.

〈동동〉 서사

- 서사 : 덕은 뒤에(뒷 잔에, 신령님께) 바치옵고, 복은 앞에(앞 잔에, 임에게) 바치오니, 덕이며 복이라 하는 것을 진상(進上)하러 오십시오.
- 정월령 : 정월 냇물은 아아, 얼었다가 녹으려 하는데, 세상에 태어난 이 몸은 홀로 살아가는구나.
- 이월령 : 이월 보름(연등일)에 아아, 높이 켜 놓은 등불 같구나. 만인을 비추실 모습이시도다.
- 삼월령 : 삼월 지나며 핀 아아, 늦봄의 진달래꽃이여, 남이 부러워할 모습을 지니고 태어나셨구나.
- 사월령 : 사월을 잊지 않고 아아, 오는구나 꾀꼬리 새여. 무엇 때문에(어찌하여) 녹사(綠事)님은 옛날을 잊고 계시는구나.
- 오월령 : 오월 오일(단오)에 아아, 단옷날 아침 약은 천 년을 사실 약이

기에 바치옵니다.

· 유월령 : 유월 보름(유두)에 아아, 벼랑에 버린 빗 같구나. 돌아보실 임을 잠시나마 따르겠나이다.

· 칠월령 : 칠월 보름(백중)에 아아, 온갖 음식을 차려 두고, 임과 함께 살고자 하는 소원을 비옵니다.

· 팔월령 : 팔월 보름(가위)은 아아, 한가윗날이지마는 임을 모시고 지내야만 오늘이 뜻있는 한가윗날입니다.

· 구월령 : 구월 구일(중양절)에 아아, 약이라고 먹는 노란 국화꽃이 집안에 피니 초가집이 고요하구나.

· 시월령 : 시월에 아아, 잘게 썬 보리수나무 같구나. 꺾어 버리신 뒤에 (나무를) 지니실 한 분이 없으시도다.

· 십일월령 : 십일월에 봉당 자리에 아아, 홑적삼을 덮고 누워 임을 그리며 살아가는 나는 너무나 슬프구나. 고운 임을 두고 홀로 살아가는구나.

· 십이월령 : 십이월 분지나무로 깎은 아아, (임에게 드릴) 소반 위의 젓가락 같구나. 임의 앞에 들어 가지런히 놓으니 손님이 가져다가 뭅니다.

사람의 일생을 통해 사물을 그려 내고, 사물의 속성을 통해 사람을 일깨우다

가전체 문학의 세계 – 〈국선생전〉, 〈국순전〉, 〈공방전〉

사물을 사람처럼 표현하다

가전체 문학을 한마디로 정의하면, '전기의 형태를 빌려 사물의 속성과 쓰임새를 표현한 글'이라고 할 수 있다. 어떤 사물을 역사적 인물처럼 의인화하여 그의 집안 내력, 생애, 성품, 업적과 실책 등을 기록한 전기 형식을 띤다. 역사책의 열전 형식과 비슷하나 다룬 대상은 사물이다. '가전'은 '거짓 가(假)', 즉 꾸민 전기라는 의미로 허구적 성격을 나타내는 명칭이라 할 수 있다.

가전체 문학은 고려 후기에 그 모습을 드러냈다. 임춘의 〈국순전〉이 최초의 작품이다. 술을 주인공으로 한 이 작품에 이어 돈을 주인공으로 한 임춘의 〈공방전〉, 〈국순전〉의 영향을 받아 술을 주인공으로 한 이규보의 〈국선생전〉, 거북이를 주인공으로 한 이규보의 〈청강사자현부전〉, 종이를 주인공으로 한 이첨의 〈저생전〉, 대나무를 주인공으로 한 이곡의 〈죽부인전〉, 지팡이를 주인공으로 한 석식영암의 〈정시자전〉이 그 시대의 대표적 가전체 문학 작품이다.

가전체 문학에 두 가지 물음을 던져 본다. '왜 가전체 문학은 사람의 일생을 적는 전기의 방식을 취했을까?', '왜 사물을 주인공으로 했을까?'라는 물음이 그것이다.

첫 번째 물음, '왜 전기의 방식을 취했을까?'에 대해 생각해 보자. 전기는 사람의 일생을 적는 서술 방식이다. 흔히 옛날의 역사책 뒤에는 열전이라 하여 여러 사람의 전기가 덧붙어 있다. 한 인물의 탄생과 그의 집안, 성장, 성품과 교유 관계, 일화, 업적과 실책, 사관(史官)의 비평까지 담겨 있다. 이 같은 전기를 읽으며 우리는 어떻게 사는 것이 바람직하며 칭송받는 삶인지, 무엇이 그 사람을 위대하게 만들기도 하고 때로는 몰락하게 만드는지도 깨닫게 된다. 그러고 보니 어린 시절 우리가 위인전을 읽었던 까닭

◀ 청자 상감 운학 무늬 매병
고려인은 세계에서 처음으로 청자에 아름다운 무늬를 넣을 수 있는 상감기법을 개발하였다.

▼ 팔만대장경
부처님의 힘으로 몽골의 침략을 막아 내고 백성의 마음을 모으기 위해 고려가 온 힘을 다해 만들었다.

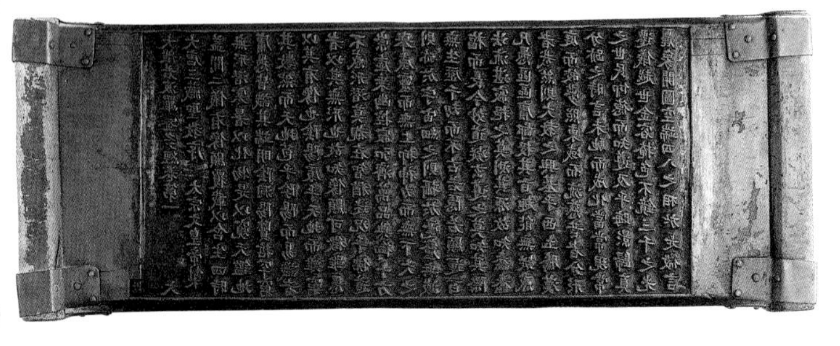

이 바로 여기에 있었다. 한 인물의 탄생과 성장과 업적 등 삶의 발자취를 지켜보면서 감동과 교훈을 얻고, 나 자신을 되돌아보았던 것이다.

이렇게 전기로 표현된 가전체 문학은 그 당시 고려인들에게도 자신을 돌아보는 거울이 되었다. 그렇기에 가전체 문학의 특성을 이야기할 때 '계세징인(戒世懲人)의 문학', '감계(鑑戒)의 문학'이라고 말한다. 사람들에게 제대로 알려 주어 잘못을 뉘우치게 하고(계세징인), 지난 잘못을 거울로 삼아 다시는 잘못을 하지 않도록 하는(감계) 문학이라는 것이다.

태조 왕건이 고려를 건국하고 200년 정도의 세월이 흘렀을 즈음 새롭게 등장한 문학이 세상 사람들에게 교훈을 주려고 한 이유는 무엇일까? 고려 초기는 새 왕조의 성립과 함께 비교적 순조로운 발전을 이룩하였다. 고려청자, 금속활자, 대장경 등 세계적으로 우수한 문화유산이 만들어질 만큼 고려 사회의 문화는 융성했다. 대외적으로도 송, 거란 등과 평화로운 관계를 유지할 수 있었다.

그러나 11세기 말에 이르러 고려 사회는 여기저기서 내부적 모순을 드러냈다. 고려의 민중은 땀 흘려 일하지만 그 열매는 고스란히 귀족 계급에게 돌아갔다. 그러면서 토지와 함께 권세를 장악한 문벌 귀족들이 혼인 제도 등을 통해 그 권세를 더욱 강화시켜 갔다. 이런 상태에서 문신과 무신의 갈등이 전개되었으며, 결국은 무신의 난이 발생하기에 이르렀다. 무신들은 자신들의 권력을 유지하기 위해 더욱더 농민들의 피땀을 짜 냈다. 이런 상황 속에서 천민, 농민의 항쟁이 줄을 이을 수밖에 없었다. 게다가 1231년 몽골군의 1차 침략이 시작되었다. 몽골군의 말발굽은 40년 세월 동안 고려의 전 국토를 아비규환으로 만들었다.

이렇게 농민의 항쟁, 몽골의 침입 등으로 혼란의 도가니 속을 헤매던 고려 후기에 등장한 가전체 문학은 애국심, 충절, 바람직한 인간상 등을 추구하면서 사회를 풍자하고 교훈을 주는 문학으로 자리 잡았다.

사물에 대한 관심

두 번째 물음, '왜 사물을 주인공으로 했을까?'에 대하여 생각해 보자. 가전체 문학의 주인공은 사람이 아닌 사물이다. 술, 돈, 종이처럼 주변의 사물들이다. 그렇기에 사물의 속성을 잘 알지 않고서는 쓸 수 없다. 이처럼 사물을 주인공으로 하는 가전체 문학의 출현은 고려 후기에 새로 등장한 문인들의 관심사를 잘 보여 주었다.

고려 후기에 새로 등장한 문인들은 지방 향리 출신으로 실무적인 능력과 문인으로서 재능을 갖추어 중앙 정치 무대로 진출한 신흥 사대부가 대부분이었다. 특히 무신의 난을 겪으면서 그동안 대대로 권력을 지켜 오던 중앙의 귀족들은 몰락해 버렸고, 그 빈자리를 신흥 사대부들이 메웠다.

구체적인 사물을 의인화해서 표현하는 가전체 문학은 사물의 속성을 제대로 이해하는 능력과 문학적 자질, 즉 사물을 주인공으로 이야기를 전개해 나갈 수 있는 힘을 한꺼번에 보여 주는 문학이다. 지식의 풍부함과 표현의 풍부함이 결합된 문학 양식인 것이다.

사물을 주인공으로 하는 것은 사람을 주인공으로 하는 것보다 더 우의적이다. 하고자 하는 말을 더욱 우회하여 할 수 있다. 가전체 문학은 허구적 주인공의 행적을 통해 사람들에게 교훈을 주는 문학이다. 무신 집권의 혼란기 속에서 사물을 사람처럼 의인화하여 우의적으로 표현하는 것이 훨씬 안정적인 표현 방법이기도 했을 것이다.

술의 내력과 행적을 통해 인간사를 돌아보다 -〈국선생전〉

이제 가전체 문학 중 이규보의 〈국선생전〉을 통해 가전체 문학의 특성을 좀 더 자세히 살펴보기로 하자. 고려 중엽 12세기경 창작된 이 작품은 술(누룩)을 주인공으로 했다. 작품의 내용은 다음과 같다.

> 국성의 할아버지 모(보리)는 주천 고을 사람이다. 모의 아들 차(흰 술)는 곡씨의 딸과 결혼하여 성(聖)을 낳았다. 성은 어려서부터 도량이 넓어 여러 사람의 귀여움을 받았으며 자라서 유영, 도잠 같은 사람들과 친구가 되었다.
>
> 나라에서 성에게 조구연(술지게미)이라는 벼슬을 시켰지만, 부임하지 않자 청주종사 벼슬을 시켰다. 신하들이 그를 임금에게 계속 천거하여 벼슬이 점점 높아져 궁궐의 잔치나 종묘의 제사 등을 담당했는데, 모든 예가 임금의 뜻에 맞았다. 임금은 그를 믿음직하게 여겨 승정원 재상으로 있게 하고 융숭한 대접을 했다. 임금은 마음이 불쾌하다가도 성을 보면 금세 풀어져 웃곤 했다. 원래 성은 성품이 구수하고 아량이 있어 날이 갈수록 사람들과 친근해졌고, 특히 임금과 스스럼없이 가까워졌다. 항상 임금을 따라다니면서 잔치 자리에서 함께 놀았다.
>
> 성에게는 혹, 폭, 역이라는 세 아들이 있었다. 그러나 그들은 아비가 임금의 사랑을 받는 것을 믿고 방자하게 굴었다. 그리하여 모영(붓)이 임금에게 글을 올려 탄핵하기에 이른다. 이에 성의 세 아들은 독약을 마셔 자결했다. 국성도 벼슬을 박탈당하고 서인으로 물러났다.
>
> 국성이 벼슬을 그만두고 낙향하자 여러 고을에서 도둑이 떼 지어 일어났다. 임금이 도둑들을 토벌하라는 명을 내리지만 적임자가 없었다. 어쩔 수 없이 국성이 원수로 기용되어 도둑들을 토벌해 공을 세운다.

2년 뒤, 성은 자신이 병이 들고 약하다고 상소를 올려 자리에서 물러나 고향으로 돌아갔다. 고향으로 돌아간 그는 천수를 다하고 조용히 세상을 떠났다.

〈국선생전〉 줄거리

이 글은 역사책의 열전과 같은 짜임을 가지고 있다. 도입 부분에서 국성의 집안 내력과 신분에 대해 이야기하며, 이어 전개 부분에서 그의 성품과 행적 그리고 사신의 평가로 마무리한다. 마치 누군가의 전기문처럼 느껴질지도 모른다.

국성이라는 주인공이 술이라는 걸 알지 못했다면, 어떤 사람이 이러저러해서 벼슬을 하던 중 자식들이 문제를 일으켜 벼슬에서 물러났다가 다시 나라를 위해 충성심을 발휘하여 공을 세웠구나 하는 정도로 이해할 것이다. 어떤 인물의 전기를 읽는 것과 다름이 없다. 그러나 국(麴)이 누룩 국 혹은 술 국이며, 성(聖)이란 한 방면에서 지극히 뛰어난 이를 가리키므로 국성이 술을 의인화한 것임을 알게 되면 읽는 재미가 달라진다.

'아하, 할아버지가 보리라니, 원래 보리나 과일로 술을 만들었다지. 맥주도 보리로 만든 술이잖아. 아버지는 흰 술이라니, 조금 발전했네. 곡씨의 딸과 결혼했다는 건 곡식으로 술을 만들게 되었다는 의미겠지. 유영이나 도잠 같은 이는 술을 무척 좋아하던 사람인데, 그들과 친구가 되었다는 표현이 재미있네. 조구연은 술을 짜고 난 찌꺼기란 뜻이니, 그런 벼슬을 안 한다는 말과 잘 맞아떨어지네. 청주종사란 질이 좋은 술을 의미하는 거지. 혹, 폭, 역이라는 아들이 못되게 굴었다는 점도 재미있네. 그 이름이 독한 술, 쓴 술, 나쁜 술이라는 의미니까 말이야. 붓이 임금에게 글을 올려 탄핵하는 것도 아무렇게나 쓴 이야기가 아니구나. 국성이 적절한 때에 물러나 천수를 누렸다는 말도 술을 적당히 마시면 좋다는 의미일 거야…….'

사물의 속성을 제대로 알면 글 속에 담긴 의미를 더욱 깊이 이해할 수 있다. 물론 당시 가전체 문학을 창작한 신흥 사대부 계층은 사물의 속성 및 그에 얽힌 고사를 아는 것은 물론이고 방대한 지식을 갖추었기에 창작이 가능했다. 이규보 역시 전기 형식을 빌려 술의 내력, 술에 얽힌 고사와 인물들, 술의 특징, 술과 관련된 여러 가지 사물을 절묘하게 표현했다. 그렇다고 해서 이 작품이 나타내고자 한 바가 술의 속성은 아니다. 전기 형식으로 술의 속성을 표현했지만, 그 안에 또 다른 의미가 담겨 있다.

이규보는 이 작품을 통해 술과 인간의 관계를 살펴보고 있다. 주인공을 신하로 설정하여 자신이 이상적으로 생각하는 사대부의 모습을 보여 주고 있다. 즉 신하로서 왕을 잘 보필하여 나라를 잘 다스려야 한다는 사대부들의 관심사가 국성이라는 주인공을 통해 보인다.

여기서 국성은 바람직한 인간형으로 그려진다. 넓은 도량을 가져 사람들이 좋아하고, 막힌 것을 풀어 주는 유연한 성품을 지녔다. 왕의 총애를 지나치게 받으면 신하로서 지켜야 할 본분을 잃기 쉽고, 나라에 해를 끼치거나 세 아들처럼 비참한 최후를 맞을 수도 있다. 그렇지만 나라를 위해 자기 한 몸을 헌신하는 위국충절의 자세를 가질 때, 바른 신하의 도리를 되찾는 것이라 보았다. 국성은 위국충절의 정신을 가진 신하였으며, 물러날 때가 언제인지 제대로 파악하는 인물이었다.

〈국선생전〉처럼 술을 주인공으로 삼은 가전체 문학으로 〈국순전〉이 있다. 〈국순전〉은 〈국선생전〉보다 앞선 작품으로 가전체 문학의 효시 작품으로 볼 수 있다. 술을 주인공으로 하고 그의 한평생을 다루었다는 점과 짜임 면에서는 두 작품이 일치하나, 주제 면에서는 차이점이 있다. 〈국선생전〉의 국성이 위국충절 정신을 칭찬하면서 임금으로 하여금 올바른 정치를 하게 한 바람직한 인물이라면, 〈국순전〉의 국순은 방탕한 군주에게 등용되었다가 세상을 어지럽게 하고 죽은 인물이다.

〈국순전〉은 술로 인한 폐해를 경계하며, 정치를 제대로 하지 않는 임금도 비판하고 있다. 어찌 보면 좀 더 강도 높은 현실 비판이며 풍자라 할 수 있다. 이는 〈국순전〉의 작가 임춘과 〈국선생전〉의 작가 이규보가 거쳐 온 삶이 달랐기 때문이 아닐까? 이규보는 무신 정권 아래에서 적극적으로 벼슬길에 나갔지만, 임춘은 '정중부의 난' 때 일가가 피해를 입고 겨우 목숨을 건진 뒤 불우한 여생을 보냈다. 그는 벼슬길에 나가지 않고 자연에 은거하며 글과 술을 더불어 살아간 사람이다.

주제의 방향은 다르지만 두 작품 모두 술이라는 사물을 통해 인생을 돌아보게 된다는 점에서는 차이가 없다. 이는 다른 가전체 문학에 있어서도 일관된 흐름이다.

설화와 소설의 다리가 된 가전체 문학

가전체 문학의 주인공이 된 사물은 돈, 종이, 거북, 지팡이, 대나무 등이다. 이는 당시 가전체 문학의 창작 계층인 신흥 사대부들의 생활 주변에 있는 사물이었을 것이다. 그들은 술을 즐겼을 것이며, 돈이 필요했고, 종이에 글을 썼으며, 여름에는 대나무로 만든 죽부인을 옆에 끼고 잠을 잤다. 만일 지금 우리가 사물을 주인공으로 한 가전을 쓴다면 엠피스리

(MP3)나 휴대 전화, 교과서, 컴퓨터처럼 내 생활 주변에 있는 사물을 택할 것이다.

이제 가전체 작품의 내용을 살펴보자. 〈공방전〉에서 '공방'이란 '구멍 공(孔)', '모(네모) 방(方)'이라는 이름을 가졌다. 모가 나게 뚫린 옛날 엽전을 생각하면 된다. 그 공방이 황제 시절에 조정에서 일하게 되었다. 성질이 워낙 군세어서 세상일에 그다지 단련되지는 못했으나, 관상 보는 이의 말에 따라 세상에 이름이 나게 되었다. 돈이 세상에 유통되었다는 의미로 받아들이면 될 것 같다.

그는 벼슬을 하자 권세를 앞세워 뇌물을 거두었고, 장사치의 이익만 앞세워 나라를 좀먹고 백성을 해쳤다. 그러다가 벼슬자리에서 쫓겨났지만 뉘우치는 빛이 없었으며, 그 자손마저 세상에 폐해를 끼쳐 죄를 짓고 처형되었다. 글 속의 사신(史臣)은 "하루아침에 그들을 없애 버렸던들 그 같은 후환은 없었을 텐데, 단지 억제하기만 해서 후세에 폐단을 남겼다."라고 평하고 있다.

〈공방전〉을 통해 작가는 돈의 내력과 성쇠를 보여 주면서 탐욕스러운 인간형에 대해 비판한다. 동시에 농업을 경시하고 이익을 좇는 일에 몰두하는 잘못된 사회상을 비판하고 있다. 사물을 통해 인간 사회를 이야기하는 두 얼굴은 이 작품에서도 엿보인다.

그 밖에도 거북을 통해 어진 사람의 행적을 기린 〈청강사자현부전〉, 종이를 통해 문인의 도리를 이야기하고 당시의 유학자들을 비판한 〈저생전〉, 대나무를 여인처럼 그려 현숙하고 절개 있는 여인상을 이야기하는 〈죽부인전〉, 지팡이의 내력을 이야기하면서 사람이 도를 알고 행해야 한다는 교훈을 전해 주고 있는 〈정시자전〉 등 가전체 작품은 사물의 성질을 통해 세태를 풍자하고 인간의 도리를 가르치고자 하는 목적을 담아내고 있다.

가전체 문학 이전에도 사물을 의인화한 작품은 많았다. 꽃을 의인화하여 왕의 도리를 이야기한 〈화왕계〉, 거북이와 토끼를 주인공으로 한 〈귀토지설〉 같은 설화가 그렇다. 그러나 가전체 문학은 설화와 달리 한 개인의 창작물이다. 그 구성 방식은 전기 형태이지만, 전기와 다르게 '허구'의 이야기이다. 개인의 창작이라는 점에서도 설화와 다르다. 또한 가전은 소설로 볼 수 없다. 사물의 속성을 제대로 알아야 한다는 측면, 역사적 사실을 나열하고 교훈성을 강조한다는 측면에서 가전체 문학은 서사 문학이라기보다 교술 문학이라고 보아야 할 것이다. 그러나 상상에 의한 개인의 창작물이고 삶의 이야기라는 면에서 소설과 흡사하며, 조선 시대에 그 모습을 드러낸 고전 소설의 모태가 되었다고 할 수 있다.

인간은 사물과 더불어 살아간다. 그리고 사물을 통해 자신을 표현하기도 한다. 슬픔에 겨울 때 새를 보며 "우는구나 새여!"라고 노래하는 것은 사물에 자기감정을 담아내는 것이다. '동짓달 기나긴 밤을 베어 내어 접어 두었다가 임이 온 밤에 펴겠다.'는 황진이 시조의 내용은 사물을 변형시켜 자기감정을 표현하고 있는 것이다.

사물에서 새로운 의미를 이끌어 내는 경우도 있다. 땅에 뿌리를 굳게 내린 고목을 보면서 굳건하게 살아가는 삶의 자세를 생각하거나 길게는 17년 세월 동안 땅속에서 살다가 일주일 동안 지상에서 울어 대는 매미를 보며 치열한 삶의 자세를 노래하는 시인들이 바로 그랬다.

사물의 내력과 속성을 통해 인간 삶을 이야기하는 가전체 문학을 되돌아보면서 우리는 사물과 인간의 관련성을 다시금 생각하게 된다. '도(道)

라는 이름의 진리는 물(物)이라는 구체적 사물을 통하여 검증해야 한다. 물이 도의 기준이며, 현실이 중요하다.'는 이규보의 생각은 곧 사물과 인간의 깊은 연관을 생각하면서 사물을 통해 의미를 이끌어 낸 그 당시 신진 사대부들의 의식 세계였다. 21세기를 살아가는 우리도 의식하지 못하는 가운데 그런 생각을 하며 사물을 바라본다.

생각의 갈피를 찾는 물음

1 가전체 문학의 발생과 시대적 상황과의 상관관계를 생각해 보자.

2 왜 인간의 이야기를 우의적으로 표현할까?

〈국순전〉

임춘의 〈국순전〉은 가전체 문학의 효시로 이규보의 〈국선생전〉에 영향을 주었다. 술을 통해 당시의 정치적 타락상과 벼슬아치들의 부정부패 등을 고발하고, 뛰어난 인재가 오히려 소외당하는 현실을 풍자하고 비판한다.

국순의 자는 자후이다. 그 조상은 진, 한 시대 농서의 사람이다. 90대조인 모(보리)가 후직(주나라 때 농사를 맡은 벼슬)을 도와 백성들을 먹인 공이 있었다. 《시경》에 이른바 "내게 밀과 보리를 주다."라고 한 것이 그것이다. 모가 처음에 숨어 살며 벼슬하지 않고 "나는 반드시 밭을 갈아 먹으리라." 하며 시골에서 살았다. 임금이 그 자손이 있다는 말을 듣고 조서를 내려 편안한 수레를 보내 부를 때, 군과 현에 명하여 후하게 예물을 보내라 하였다. (중략)

순(醇)은 기량이 크고 깊었다. 출렁대고 넘실거림이 만경창파(萬頃蒼波)와 같아 맑게 해도 더 맑아지지 않고, 뒤흔들어도 흐려지지 않으며, 사람에게 기운을 더해 주었다. 일찍이 섭법사(돈을 의인화한 〈태평광기〉에 나오는 인물)에게 나아가 온종일 담론하였는데, 모인 사람들이 모두 감탄하여 드디어 유명해졌고, 호를 국처사(麴處士)라 하였다. 공경(높은 벼슬아치. 삼공과 구경), 대부(벼슬살이를 하는 선비), 신선, 방사(술법을 닦는 사람) 들로부터 머슴, 목동, 오랑캐, 외국 사람에 이르기까지 그 향기로운 이름을 맛보는 자는 모두가 그를 흠모하였으며, 성대한 모임이 있을 때마다 순이 오지 아니하면 슬퍼하며 "국처사가 없으면 즐겁지가 않다."고 말하였다. 그가 당시 세상에 사랑하고 중히 여김이 이와 같았다. (중략)

순은 권세를 얻고 일을 맡으면서 어진 이와 사귀고 손님을 대접하는 일이며, 늙은이를 봉양하여 술과 고기를 주는 일이며, 귀신에게 고사하고 종묘에 제사하는 일을 모두 주장하였다. 임금이 일찍 밤에 잔치할 때도 오직 그와 궁인만이 모실 수 있었고, 아무리 가까운 신하라도 참여하지 못하였다.

이로부터 임금이 곤드레만드레 취하여 정사를 폐하는데도 순은 제 입에 재갈이 물린 듯 말을 하지 못하므로, 예법 있는 선비들은 그를 미워함이 원수 같았으나 임금이 매양 그를 보호하였다. 순은 또 돈을 거둬들여 재산 모으기를 좋아하니, 시대의 여론이 그를 더럽다 하였다. (중략)

사신(역사를 기록하는 신하)이 말하기를, "국씨의 조상이 백성에게 공이 있었고, 청렴결백을 자손에게 물려주어 창(옛날 옛적 강신제 때 썼다는 술 이름)이 주나라에 있는 것과 같아 향기로운 덕이 하느님에까지 이르렀으니, 가히 제 할아버지의 기풍이 있다 하겠다. 순이 손에 들고 다닐 만한 작은 병에 들어갈 정도의 작은 지혜로 깨진 항아리의 입을 창으로 낼 만큼 가난한 집안에서 일어나서, 일찍 금구의 뽑힘을 만나 술 단지와 도마에 서서 담론하면서도 가(可)를 들이고 부(否)를 마다하지 아니하고, 왕실이 어지러워 엎어져도 붙들지 못하여 마침내 천하의 웃음거리가 되었으니, 거원의 말이 족히 믿을 것이 있도다."라고 하였다.

〈공방전〉

임춘의 〈공방전〉은 엽전을 의인화하여 돈의 폐해를 비판한 가전체 소설이다. 주인공 공방은 욕심이 많고 염치없는 부정적 성격을 지닌 인물로 백성들로 하여금 이익만을 좇게 만든다. 그리고 일반 선비들과 달리 천하게 여기는 사람들과도 사귄다. 이 같은 공방의 성격은 돈과 얽힐 때 사람들이 갖는 부정적 속성이기도 하며, 잘못된 사회상일 수도 있다. 작자는 돈의 내력과 흥망을 보여 줌으로써 사회상을 풍자하였다.

공방(孔方)의 자(字)는 관지(貫之)이다. 공방이란 구멍이 모가 나게 뚫린 돈, 관지는 돈의 꿰미를 뜻한다. 그의 조상은 일찍이 수양산 속에 숨어 살면서 아직 한 번도 세상에 나와서 쓰인 일이 없었다.

그는 처음 황제 시절에 조금 조정에 쓰였으나 워낙 성질이 굳세어 원래 세상일에는 그리 단련되지 못하였다. 어느 날 황제가 상공을 불러 보이니, 상공이 한참을 들여다보고 말했다.

"이는 거칠고 세련되지 못한 성질을 가져서 쓸 만한 것이 못 됩니다. 그러하오나 만일 폐하께서 만물을 조화하는 풀무나 망치를 써서 그 때를 긁어 빛이 나게 한다면, 그 본래의 바탕이 차차 드러날 것입니다. 원래 왕자란 모든 사람으로 하여금 올바른 그릇이 되게 해야 하는 것입니다. 원컨대 폐하께서는 이 사람을 저 쓸모없는 완고한 구리쇠와 함께 내버리지 마시옵소서." 이리하여 공방은 차츰 그 이름이 세상에 나타나기 시작했다. (중략)

사신은 말한다. "남의 신하가 된 몸으로서 두 마음을 품고 큰 이익만을 좇는 자를 어찌 충성된 사람이라고 하랴. 방이 올바른 법과 좋은 주인을 만나서 정신을 집중하고 자기를 알아주어서 나라의 은혜를 적지 않게 입었으니, 마땅히 국가를 위하여 이익을 일으키고 해를 덜어 주어서 임금의 은혜로운 대우에 보답했어야 했다. 그런데도 도리어 비를 도와서 나라의 권세를 한 몸에 독차지하고 심지어 사사로이 당을 만들기까지 했으니, '충신은 경계 밖의 사귐이 없어야 한다.'는 말에 어긋나는 것이다. 방이 죽자 그 남은 무리는 다시 남송에 쓰였다. 권력을 잡은 자들에게 붙어서 도리어 정당한 사람들을 모함하였으니 비록 길고 짧은 이치는 저 명명(사정이 분명하지 않음)한 가운데 있는 것이지만, 만일 원제(元帝)가 일찍부터 공우가 한 말을 받아들여서 이들을 일조에 모두 없애 버렸던들 이 같은 후환은 없었을 것이다. 그런데 다만 이들을 억제하기만 해서 마침내 후세에 폐단을 남기고 말았다. 그러나 대체 실행보다 말이 앞서는 자는 언제나 미덥지 못한 것을 걱정하지 않을 수가 없다."

인생의 이치는 곳곳에 숨어 있다

고려 시대의 수필 문학, 설 – 〈슬견설〉, 〈경설〉, 〈이옥설〉, 〈차마설〉, 〈괴토실설〉

인생사를 논하다

테트리스라는 게임이 있다. 1984년 러시아 과학원의 컴퓨터 센터에서 일하던 알렉스 파지노프라는 사람이 만든 게임이다. 그리스 숫자 접두어(단어 앞에 붙은 말 조각)인 테트라(Tetra)와 테니스(Tennis)가 합쳐진 말이다.

게임을 시작하면 네 개의 사각형이 다양한 모양으로 이루어진 테트로미노가 떨어진다. 이것을 회전하거나 움직여서 적당한 자리에 떨어뜨리고, 한 줄에 사각형이 다 채워지면 그 줄이 사라진다. 그래서 또 다음 테트로미노들을 맞을 수 있다. 게임이 진행될수록 이 테트로미노들은 빨리 떨어지고, 이것을 제대로 움직이지 못하면 위까지 다 쌓여 게임이 끝난다.

자, 테트리스와 관련된 어느 문학 시간 이야기이다. 선생님이 칠판에 이렇게 쓰셨다.

"나는 어디에서 인생을 배웠던가?"

아이들은 고개를 갸웃했다. 이어지는 선생님의 이야기.

테트리스라는 게임이 처음 나왔을 때 밤이 깊도록 컴퓨터를 두드리며 벽돌 깨기에 열중한 일이 있었어. 빈 곳을 찾아 이상한 모양의 벽돌을 한 줄 채우면 '뾰릉' 하고 나던 소리가 정말 상쾌했지.

몇 번 게임을 하다 보니 나름대로 얻은 교훈이 있었다. 벽돌을 너무 차근차근 빈 곳 없이 다 채우려고 하면 맞는 게 안 나와서 계속 쌓여 버린다는 점……. 그러다 보면 벽돌들을 깰 기회를 놓치기도 한다는 점, 즉 어느 순간 적당히 포기하기도 해야 한다는 점…….

한 부분이 비었다고 초조해하지는 말 것. 다른 곳을 채워 가다 보면 어느 순간 긴 막대기 모양의 벽돌이 떨어져 '뾰르르르릉' 소리가 나면서 몇 줄이 무너진다. 어때? 테트리스가 가르쳐 준 인생의 이치야.

아, 물론 나에게 인생을 가르쳐 준 것은 테트리스뿐이 아니야. 처마에서 똑똑 떨어지는 물방울이 콘크리트 바닥에 깊은 구멍을 낸 걸 보며 전율을 느낀 적도 있어. 배를 타고 바다를 지나다가 물보라 자국을 그대로 간직한 바윗덩어리를 보며 목표를 향해 끝없이 부딪치리라 중얼거린 적도 있단다.

아이들은 잠시 생각하다가 사각사각 연필을 달렸다. 컴퓨터 프로그램을 짜면서 인생을 배운다는 아이가 있었다. 완벽하게 짰다고 생각하지만 오류가 생기고, 그걸 고쳐 가면서 더 완벽을 향해 가는 것처럼 인생도 잘살았다고 생각하지만 문제가 보인다. 그걸 또 해결해 가면서 더 아름다운 삶을 만들 수 있다고……. 아버지와 낚시하면서 인생을 배운다는 아이도 있었다. 기다림 끝에 잡은 고기가 소중하듯 기다림 끝에 다가오는 인생의 결실이 소중한 걸 배운다고 했다.

이렇게 사물이나 어떤 현상을 통해 인생을 이야기한 사람들은 오래전부터 있었다. 고려 시대의 가전체 문학은 사물의 속성을 한 사람의 인생처럼 엮어 간 것이고, 사물의 현상을 자기 나름대로 해석하면서 차근차근 인생사와 관련지어 논술해 나간 문학이 '설(說)'이다. '설'은 글쓴이 개인의 의견이 덧붙여 있다는 점에서 수필로 볼 수 있다. 수필 중에서도 논설적인 측면이 있으므로 중수필 정도에 해당한다. 대표적인 작가는 고려 말 무신 집권기에 주로 활동한 이규보이다.

생명에 대한 경외심에서부터—〈슬견설〉, 〈경설〉, 〈이옥설〉

고려 시대의 문학 작품 제목을 보면 끝에 '설'이 붙은 작품이 많다. 설은 이치에 따라 사물을 해석하고 시비를 밝히면서 자기 의견을 설명하는 문학 형식이다. 문학상의 갈래로는 수필에 가깝다. 우선 몇몇 설 작품을 둘러보기로 하자.

이규보의 〈슬견설 蝨犬說〉은 '이와 개에 대한 설'이다.

어떤 손님이 말한다. 불량한 사람이 큰 몽둥이로 돌아다니는 개를 쳐서 죽이는 광경이 참혹했다고. 마음이 아파서 다시는 돼지나 개의 고기를 먹지 않겠다는 것이었다. 너무 불쌍해서 개의 죽음에 마음 아팠다는 손님의 말에 글쓴이는 "나는 이의 죽음에 마음 아팠다."고 말한다. 크건 작건 생명체의 고통은 다 같다는 비유인 셈. 우리 사는 세상, 똑같아야 할 권리가 차별받고 있다는 생각에까지 이르게 된다.

흐릿한 거울을 들여다보며 얼굴을 가다듬는 거사의 이야기를 다룬 〈경설 鏡說〉은 또 어떤가? 역시 이규보의 작품이다.

한 나그네가 거사에게 "거울은 얼굴을 비추기 위해 보거나 그 맑음을 배우기 위한 것으로 알고 있는데, 왜 흐린 거울에 얼굴을 비춰 보는가?" 하고 묻는다. 거사는 "잘생긴 사람은 맑은 거울을 좋아하겠지만, 못생긴 사람은 맑은 거울을 싫어한다. 세상에는 잘생긴 사람이 적고 못생긴 사람이 많으니, 못생긴 사람은 맑은 거울 속에 비친 못생긴 얼굴을 싫어할 것이다. 그러니 그냥 두는 것이 낫다."고 말한다. 그러면서 거울이 흐리게 된 것은 겉만 그런 것이지 그 맑은 본질은 그대로 있다는 말도 덧붙인다.

작가는 거울을 통해 세상 살아가는 자세를 이야기하려는 것 같다. 세상 사람이 다 완벽하지는 못하며, 자신의 부족한 모습을 있는 그대로 보게 된다면 힘들기 때문에 너그럽게 수용하자는 뜻을 담은 것 같기도 하다. 고려 말 무신 정권기에 권력자들과 적극적으로 관계를 맺었던 이규보의 처세관을 보여 준다고 볼 수 있다.

무신 정권기에 관직에 뜻을 버리고 잘못된 세상과 결별하여 살고자 했던 사람이 많았다. 무신 정권 수립 이후 문인을 숙청하는 분위기에서 문인들은 자연 속에 숨어 살거나 불교에 귀의하기도 했다. 이런 문인들 중 중국의 '죽림칠현(竹林七賢)'처럼 서로 의를 맺어 사귀며 시와 술을 즐긴 이들을 '강좌칠현(江左七賢)'이라 불렀다. 죽림칠현은 중국 위(魏), 진(晉) 왕조 시절 정치권력에는 등을 돌리고 자연 속에서 지내며 거문고와 술을 즐기며 깨끗하게 세월을 보낸 일곱 명의 선비를 가리킨다. 강좌칠현은 이인로, 오세재, 임춘, 조통, 황보항, 함순, 이담지이다. 이들 중 이인로, 오세재 등은 후에 벼슬살이를 하기도 했다. 여하튼 이규보는 이들을 너무 맑은 거울을 지닌 사람들로 보았고, 그들의 처세관에 공감하지 못했던 것 같다.

이규보의 〈이옥설 里屋說〉은 집을 수리한 이야기이다. 집이 비에 젖어

고치려고 하니 한 번 고쳤던 곳의 재목들은 쓸 만하여 수리 비용이 적게 들었는데, 오랫동안 비에 젖었던 곳은 쓸 만한 재목이 없이 다 못쓰게 되어 돈이 많이 들었다는 내용이다. 그러면서 사람 몸도 마찬가지이며, 나라의 정치도 마찬가지라고 이야기를 확대시킨다. 백성을 좀먹는 무리를 내버려두었다가는 나라가 모두 썩어 버린다는 것이다.

이 세상 모든 것은 빌린 것-〈차마설〉

정치와 권력으로 이야기를 확대시킨 작품을 또 하나 들자면, 이곡의 〈차마설 借馬說〉이 있다. '말을 빌린 이야기'라는 뜻의 제목이다.

내가 집이 가난해서 말이 없으므로 혹 빌려서 타는데, 여위고 둔하여 걸음이 느린 말이면 비록 급한 일이 있어도 감히 채찍질을 가하지 못하고 조심조심하여 곧 넘어질 것 같이 여기다가 개울이나 구렁을 만나면 내려서 걸어가므로 후회하는 일이 적었다. 발이 높고 귀가 날카로운 준마로 잘 달리는 말에 올라탈 경우는 의기양양하게 마음대로 채찍질하다가 고삐를 놓으면 언덕과 골짜기가 평지처럼 보이니 심히 장쾌하였다. 그러나 어떤 때는 위태로워서 떨어지는 근심을 면치 못하였다.

아! 사람의 마음이 옮겨지고 바뀌는 것이 이와 같을까? 남의 물건을 빌려서 하루아침 소용에 대비하는 것도 이와 같거늘 하물며 참으로 자기가 가지고 있는 것이랴.

그러나 사람이 가지고 있는 것은 어느 것이나 빌리지 아니한 것이 없다. 임금은 백성으로부터 힘을 빌려서 높고 부귀한 자리를 가졌고, 신하는 임금으로부터 권세를 빌려 은총과 귀함을 누리며, 아들은 아비로부터, 지어미는 지아비로부터, 시종은 상전으로부터 힘과 권세를 빌려서 가지고 있다.

그 빌린 바가 또한 깊고 많아서 대개는 자기 소유로 하고 끝내 반성할 줄 모르고 있으니, 어찌 미혹한 일이 아니겠는가? 그러다가도 혹 잠깐 사이에 그 빌린 것이 도로 돌아가게 되면, 만국의 임금도 외톨이가 되고 백승(백 대의 수레)을 가졌던 집도 외로운 신하가 되니, 하물며 그보다 더 미약한 자야 말할 것이 있겠는가?

맹자가 일컫기를, "남의 것을 오랫동안 빌려 쓰고 있으면서 돌려주지 아니하면, 어찌 그것이 자기의 소유가 아닌 줄 알겠는가?" 하였다.

내가 여기에 느낀 바가 있어서 〈차마설〉을 지어 그 뜻을 넓히노라.

〈차마설〉

말을 빌려 탄 경험을 이야기하면서 상황에 따라 자기 심리가 달라졌던 경험을 전한다. 그러니 실제 자기 소유라면 빌렸을 때보다 더 마음이 변화무쌍하여 한결같지 않으리라는 생각이다.

그러나 글쓴이는 이 세상 사람들이 갖고 있는 것은 모두 빌린 것이라고 말한다. 자신의 것은 아무것도 없기에 겸허하게 살아야 한다고 말한다. 결국 글쓴이는 이 세상 모든 것이 자유 소유가 아니기에 늘 돌려줘야 한다는 생각으로 살아간다면 권력을 함부로 할 것도, 자기 소유를 함부로 할 것도 없다는 것이다. "무엇인가를 갖는다는 것은 다른 한편 무엇인가에 얽매이는 것. 그러므로 많이 갖고 있다는 것은 그만큼 얽혀 있다는 뜻이다."라는 법정 스님의 〈무소유〉 한 구절을 떠올리게 한다. 사람들은 자기가 소유한 것에 대해 집착하고 자기 것이기에 함부로 함으로써 '한결같은 마음', '치우치지 않는 마음', '편안한 마음'을 잃어버리게 된다.

이곡은 1298년에 태어나 1361년까지 살았던 사람이다. 고려 말 과거를 통해 벼슬에 나갔으며, 원나라에서 과거에 급제하기도 했다. '고려 삼은(三隱)'이라 불리던 '고려 말의 세 충신 중 한 사람인 목은 이색의 아버지이기도 하다. 이 세상 모든 것은 빌린 것이며, 임금은 백성에게 권력을 빌렸다는 생각, 만방의 임금조차도 그 빌린 것이 도로 돌아가게 되면 외톨이가 된다는 구절은 상당히 근대적 사고 아닌가? 중세 봉건 사회에 살았던 지식인의 앞선 의식에 고개를 끄덕이게 된다.

순리대로 살 것을 권하며–〈괴토실설〉

자연의 이치에 따라 순리대로 살 것을 권하는 이야기로 이규보의 〈괴토실설 壞土室說〉이 있다. 이는 토실(토담집)을 허문 이야기이다. 하인들이 흙을 파서 집을 만들었다. 이규보로 여겨지는 '이자(李子, 이씨 성 가진 사람)'가 모르는 체하면서 왜 집 안에 무덤을 만들었느냐고 묻는다. 종들은 무덤이 아니라 토실이라며 겨울에 화초나 과실을 저장하기에 좋고, 길쌈하는 여인네들에게 좋고, 아무리 추울 때라도 손이 얼어 터지지 않아 좋다고 말한다. 이자는 여름에는 덥고 겨울이 추운 것은 정상적인 이치이니 베옷을 입고 털옷을 입는 정도의 준비가 있으면 족하다고 말한다. 사람이 뱀이나 두꺼비도 아닌데 겨울에 굴 속에 엎드려 있을 필요가 없으며, 하늘의 뜻을 어길 필요가 없다며 토실을 부수게 한다.

생활의 편리함을 추구하는 하인들의 생각과 자연의 이치대로 살면 된다는 이자의 생각이 충돌한다. 굳이 생활의 편리함을 취하고자 하는 생각을 부정하고 토실을 허문 것은 지나치지 않을까 하는 생각도 얼핏 하게 된다. 그러나 좀 더 생각을 발전시켜 보면 생활의 편리함을 위해 무분별하게 개발을 일삼는 인간들의 모습이 떠오른다. 편리함만을 추구하여 도로를 놓고 숲을 파헤치고 강을 막는 등, 인간의 이기심은 자연을 훼손하고 결국은 재앙을 앞당기고 있지 않은가? 토실을 허문 이야기에서 우리가 취할 바는 자연의 이치에 따라 사는 삶, 순리대로 사는 삶의 소중함일 것이다.

이 밖에 설 작품으로 이규보의 〈주뢰설〉과 〈뇌설〉을 들 수 있다. 〈주뢰설〉은 배로 강을 건너는데 뇌물을 주어 더 빨리 건너는 것을 보고 세상의 혼탁함을 한탄한 이야기이다. 〈뇌설〉은 우레가 칠 때 뭔가 마음에 두려움을 느끼게 되는 바 자신이 잘못한 일이 없는지 되돌아보고 거리낌이 없어 마음을 놓았지만, 곰곰 살펴보니 자기 행동에 나름 문제점이 있었다는 성찰이 담긴 이야기이다. 매사에 근신하며 살아야 한다는 교훈을 담고 있다.

유추를 통한 인생사의 교훈

설 작품들의 한결같은 서술상의 특징은 사실을 진술한 뒤 유추를 통해 자기 의견을 제시하는 방식을 사용하고 있다는 점이다. 유추란 중심이 되는 생각을 전개하는 데 있어 서로 비슷한 관계에 있는 다른 사물의 속성을 근거로 둘 사이에 공통점이 있을 것으로 추리하는 방식을 말한다. 뉴턴은 사과나무에서 사과가 떨어지는 것을 보고 만유인력의 법칙을 발견했다. 이는 유추의 사고 과정이다.

물론 뉴턴의 만유인력 법칙이 우연히 사과 한 번 떨어진 걸로 발견된 것은 아니다. 그것을 하나의 원리로 만들기까지 과학적 사고 과정이 있었고,

그 나름대로 연구가 진행되었을 것이다. 뉴턴의 사고 과정을 보자. 떨어지는 사과를 보며 왜 아래로 떨어지는가를 생각했다. 잡아끄는 힘이 있을 때 물체는 그쪽으로 이동한다. 사과가 땅으로 떨어지는 것을 보니 땅에서도 잡아끄는 힘이 있을 것이다. 잡아끄는 힘에 따라 물체가 이동하는 두 경우의 유사성에서부터 만유인력의 법칙이 발견된 것이다.

유추에 관련된 또 하나의 이야기를 보자.

1824년 영국의 선박 기사 브루넬은 템스 강 밑에 터널을 뚫는 공사를 맡았다. 평소 강 밑에 터널을 파는 일에 관심이 있었던 그는 얼음이 떠다니는 네바 강 밑으로 터널을 뚫을 생각을 했지만, 받아들여지지는 않았다.

그러다가 그는 목재의 해충인 배좀벌레가 뚫어 놓은 구멍을 발견한다. 그는 이 해충을 주의 깊게 관찰하고 조사했다. 그 결과 이 조개가 배의 재료나 방파제의 말뚝 같은 해수에 잠겨 있는 목재를 해친다는 점을 알았고, 이 조개의 구멍 파는 기관은 매우 강력해서 딱딱한 나무라도 깊이 터널을 파 나갈 수 있다는 사실도 알았다.

그는 그날부터 배좀벌레조개를 더욱 세심히 관찰하기 시작했다.

'아하, 배좀벌레조개는 두 장의 껍질로 몸을 보호하고 있구나. 두 장의 껍질이 붙은 곳은 가장자리가 톱니 모양으로 되어 있어 마치 강판과 같다.'

이렇게 브루넬은 차근차근 배좀벌레조개를 관찰했다. 브루넬은 배좀벌레조개의 굴 파는 방법에 세 가지 주요한 특징이 있음을 알았다. 이 생물은 튼튼한 껍질로 몸을 보호하고 있으며, 굴을 파면서 깎아 낸 나무를 뒤쪽으로 보내며, 새로 판 굴의 표면에 액체를 발라서 굴이 무너지는 것을 방지한다는 점이었다. 브루넬은 이런 조건을 가진 굴착 장치를 설계했다. 배좀벌레조개를 흉내 낸 굴착 장치가 만들어지고, 몇 번의 실패를 거친 뒤 터널은 완성되었다.

《생각에도 길이 있다》

이 이야기와 마찬가지로 설 작품의 작가들은 사물의 현상에서 인생사의 이치를 끌어내는 유추의 방법으로 글을 전개해 나갔다. 그렇기에 그들의 어조는 '직접적으로 비판하기'보다는 '돌려 말하기'가 된다. 그리고 자신이 덧붙이는 의견은 교훈적인 내용이다. 글쓴이 개인의 사물에 대한 해석이며 의견이기에 객관적 진리라 말하기도 어렵고, 늘 수긍할 수 있는 것도 아니다. 그러나 사물의 현상을 통해 어떻게 세상을 살아가는 것이 바람직한지 처세의 방향을 찾았고, 권력자의 도리로 생각을 확대시켰으며, 생명과 자연 이치에 대한 통찰에까지 이르렀던 생각의 과정은 큰 의미가 있다.

지금도 우리는 사물의 현상을 보며 거기에서부터 나름대로 어떤 이치를 이끌어 낸다. 모든 것이 우리에게는 깨달음의 원천인 모양이다. 그러고 보니 이 세상 모든 것이 삶의 원리를 가르쳐 준다. 산이, 하늘이, 물이, 모든 것이…….

생각의 갈피를 찾는 물음

1 사물의 현상 속에서 인생의 이치를 생각해 본 적이 있다면 어떤 경우인가?

2 앞에서 예로 든 여러 설 작품 중 글쓴이의 생각과 다르게 해석하고 싶은 게 있다면 어떤 작품이며, 왜 그러한가?

한 걸음 더! 우리 문학 속으로

〈도자설〉, 〈주옹설〉

조선 시대에도 설 작품이 창작되었다. 강희맹의 〈도자설〉은 도둑 아버지와 아들의 이야기를 통해 학문의 자세를 가르쳐 주는 수필이다. 도둑 아버지는 자기 힘만 믿고 자만하는 아들을 깨우치기 위해 곤경에 빠뜨려 스스로 벗어나게 한다. 이를 이야기하며 필자는 학문의 지혜를 스스로 터득하는 것이 중요하다고 힘주어 말한다. 권근의 〈주옹설〉은 뱃사람을 통해 세상 사는 지혜를 말하고 있는 수필이다. 사람들이 살아가는 세상은 큰 물결처럼 흔들림이 많고, 사람의 마음이란 바람처럼 이랬다저랬다 하기에 인간 세상보다 물 위에 떠 있는 것이 안전하다는 교훈을 전한다. 물 위에서는 배의 중심을 잘 잡으면 되지만, 인간 세상에서는 사람들도 변화무쌍하고 세태도 변화무쌍하므로 자기만 중심을 잘 잡는다고 해서 안전할 수는 없다는 말이다. 〈주옹설〉의 내용을 보자. 〈주옹설〉은 손의 물음과 주옹의 대답으로 내용을 전개하고 있다.

손(客)이 주옹(舟翁, 뱃사람)에게 물었다.

"그대가 배에서 사는데 고기를 잡는다 하자니 낚시가 없고, 장사를 한다 하자니 돈이 없고, 나루터를 관리하는 벼슬아치 노릇을 한다 하자니 물 가운데만 있어 왕래가 없구려. 변화불측한 물에 조각배 하나를 띄워 끝없이 넓은 바다를 헤매다가 바람 미치고 물결 놀라 돛대는 기울고 노까지 부러지면, 정신과 혼백이 흩어지고 두려움에 싸여 명(命)이 지척에 있게 될 것이로다. 이는 지극히 험한 데서 위태로움을 무릅쓰는 일이거늘, 그대는 도리어 이를 즐겨 오래오래 물에 떠가기만 하고 돌아오지 않으니 무슨 재미인가?"

이에 주옹이 말했다.

"아아, 손은 생각하지 못하는가? 대개 사람의 마음이란 다잡기와 느슨해짐이 무상하니, 평탄한 땅을 디디면 태연하여 느긋해지고, 험한 지경에 처하면 두려워 서두르는 법이다. 두려워 서두르면 조심하여 든든하게 살지만, 태연하여 느긋하면 반드시 흐트러져 위태로이 죽나니, 내 차라리 위험을 딛고서 항상 조심할지언정, 편안한 데 살아 스스로 쓸모없게 되지 않으려 한다.

하물며 내 배는 정해진 꼴이 없이 떠도는 것이니, 혹시 무게가 한쪽에 치우치면 그 모습이 반드시 기울게 된다. 왼쪽으로도 오른쪽으로도 기울지 않고, 무겁지도 가볍지도 않게끔 내가 배 한가운데서 평형을 잡아야만 기울어지지도 뒤집히지도 않아 내 배의 평온을 지키게 되나니, 비록 풍랑이 거세게 인다 한들 편안한 내 마음을 어찌 흔들 수 있겠는가?

또한 무릇 인간 세상이란 하나의 거대한 물결이요, 인심이란 한바탕 큰 바람이니(인간 세상은 인심에 의해 이리 바뀌고 저리 바뀌니), 하잘것없는 내 한 몸이 아득한 그 가운데 떴다 잠겼다 하는 것보다는 오히려 한 잎 조각배로 만 리의 부슬비 속에 떠 있는 것이 낫지 않은가? 내가 배에서 사는 것으로 한세상 사는 것을 보건대, 안전할 때는 후환을 생각지 못하고, 욕심을 부리느라 나중을 돌보지 못하다가, 마침내는 빠지고 뒤집혀 죽는 자가 많다(세상 사람들은 부와 명예의 욕심에 옳지 못한 일을 일삼다가 결국에는 그 벌을 받게 된다). 손은 어찌 이로써 두려움을 삼지 않고 도리어 나를 위태하다 하는가?"

주옹은 뱃전을 두들기며 노래했다.

아득한 강 바다여, 유유하여라.

빈 배를 띄웠네, 물 한가운데.

밝은 달 실어라, 홀로 떠가리.

한가로이 지내다 세월 마치리.

노래를 마친 주옹은 손과 작별하고 간 뒤 더는 말이 없었다.

사회와 민족의 현실에 눈을 돌리다

고려 시대 지식인의 현실 인식 – 〈사리화〉, 〈대농부음〉, 〈동명왕편〉

지식인은 어떤 사람인가?

혹 드레퓌스 사건을 아는가? 이는 19세기 후반 몇 해에 걸쳐 프랑스를 뒤흔들었던 사건이다. 프랑스 육군의 포병 대위였던 드레퓌스는 1894년 반역죄로 유죄 판결을 받았으나 실은 무죄였다. 여러 가지 무죄 증거와 정황에도 불구하고 드레퓌스는 유대인이었기에 불리한 여론에 휩싸였으며, 자신의 실수를 감추려는 고급 장교들 때문에 중죄인으로 몰려 사형의 위기에 처해지기까지 하였다. 프랑스 사회는 드레퓌스를 지지하는 사람과 반대하는 사람들로 양분되어 들끓었다. 이성과 진실, 합리적 판단보다 집단적 광기가 우세한 야만적인 시간들이었다.

프랑스의 작가 에밀 졸라는 〈나는 고발한다〉라는 글을 통해 사건의 진상과 음모를 폭로하며 재심을 요구했고, 결국 드레퓌스의 무죄를 이끌어내는 데 기여했다. 이외에도 많은 지식인이 양심의 편에 서서 드레퓌스의 무죄를 주장했다. 역사 속에 묻혀 버릴 뻔했던 진실을 끝내 세상에 드러낸 사람들은 끝까지 자신의 결백을 주장했던 드레퓌스와 양심적이고 강직한 지성인들이었다. 세계사에서 가장 추한 스캔들이라 이름 붙은 드레퓌스 사건은 지식인이란 어떤 사람인가를 생각하게 하기에 충분하다.

우리나라로 돌아와 보자. 그리고 시간을 거슬러 고려 시대로 가 보자. 내우외환에 시달렸던 혼란의 고려 사회 속에서 지식인들은 문학을 통해 어떤 모습을 보여 주었을까?

민중의 삶의 애환을 담은 문학 작품이 고려 가요라면, 지식인들의 사상과 지향점을 담아낸 문학은 한문학이다. 문학을 통해 능력을 평가하는 과거 제도의 실시로 한문학이 눈부시게 발전했다. 특히 한시는 귀족과 사대부 등 고려 시대 지식인들의 필수 교양으로 자리 잡았다. 한시 작품은 자연의 아름다움을 읊은 시, 개인의 서정을 읊은 시 등 그 내용이 다양하다.

그러나 농민을 대변하면서 사회 현실을 비판한 시와 민족에 대한 자각을 영웅 서사시 형태로 읊은 작품 등 사회와 민족의 역사에 눈을 돌린 작품이 눈에 띈다. 이제현의 〈사리화 沙里花〉, 이규보의 〈대농부음 代農夫吟〉과 〈동명왕편 東明王篇〉 등이 그것이다. 이 작품들을 통해 우리는 고려 시대 양심적 지식인들이 가진 현실 인식의 한 면을 파악할 수 있다. 격동기의 혼란 속에서도 양심 있는 지식인들이 문학을 통해 사회를 비판하고, 민족정기를 세우려는 노력을 기울였다는 소중한 진실을 배울 수 있는 것이다.

농민의 피폐한 삶에 귀 기울이다-〈사리화〉

〈처용가〉, 〈정석가〉, 〈쌍화점〉, 〈정과정곡〉……. 우리 귀에 익은 작품들이다. 이는 바로 고려의 민중이 불렀던 고려 가요이다. 이 작품들은 입에서 입으로 전하다가 훈민정음이 창제된 뒤에 한글로 기록되었다. 그러나 불리던 당시에도 문자로 기록되었으니, 바로 한역시를 통해서였다. 이제현의 《익재난고》 소악부에는 당시 유행하던 민요 11수를 한시로 옮겨 놓았다. '악부'란 원래 한나라 때 음악에 관한 일을 하던 관청이었는데, 여기서 다루던 악장을 뜻하다가 나중에 한시의 한 형식이 되었다. 인정이나 풍속을 읊은 작품들이다. 그중 〈사리화〉는 날카로운 비판 의식과 참신한 표현으로 눈길을 끈다.

참새야 어디서 오가며 나느냐.　　黃雀何方來去飛
일 년 농사는 아랑곳하지 않고　　一年農事不曾知
늙은 홀아비 홀로 갈고 맸는데　　鰥翁獨自耕耘了
밭의 벼며 기장을 다 없애다니.　　耗盡田中禾黍爲

〈사리화〉

얼핏 보면 논의 벼를 쪼아 먹는 참새를 소재로 농촌의 풍경을 읊은 것 같지만, 꼼꼼히 읽어 보면 다른 의미를 발견해 낼 수 있다. 시의 화자는 참새를 원망한다. 참새는 늙은 홀아비가 갈고 맸던 벼와 기장(조와 비슷한 곡식)을 다 쪼아 먹는다. 한 해 농사는 아랑곳하지 않는다. 참새는 농민을 괴롭히는 존재인 셈이다. 이 같은 참새의 모습에 농민을 괴롭히고 수탈하는 권력자들의 모습이 중첩되어 떠오를 수밖에 없다. 권력자들은 백성의 고통을 전혀 모른 체한다. 백성이 굶주리든, 세금에 짓눌려 고생하든 아랑곳하지 않는 것이다.

그렇다면 늙은 홀아비는 누구인가. 예부터 사궁(四窮)이라 하여 늙은 홀아비, 늙은 홀어미, 부모 없는 아이, 자식 없는 노인을 가장 불쌍한 백성으

이제현

고려 시대의 문인. 원나라가 고려를 지배하던 불운한 시기의 지식인이었다. 이제현은 작품 〈사리화〉를 통해 탐관오리의 수탈과 농민의 참상을 보여 주었다.

로 보았다. 이 중에서 사궁지수(四窮之首, 사궁의 첫째)가 늙은 홀아비다. 결국 늙은 홀아비는 힘없고 수탈당하는 백성이라 할 수 있다. 어쩌면 실제로 당시 농촌에는 늙은 홀아비가 많았을지도 모른다. 계속된 내우외환 속에서 젊은이들은 전쟁터로 끌려가거나 숱하게 일어난 농민난의 반란군이 되었을지도 모른다는 추측을 해 볼 수 있다.

《고려사》 악지에도 〈사리화〉가 실려 있는데, "세금은 무겁고 권력자들은 수탈하므로 백성들이 참새가 곡식을 쪼아 먹는 것에 빗대어 이 노래를 지었다."라는 내용이 있다.

누군가는 이렇게 물을지도 모른다.

"이 시는 이제현의 작품이 아니잖아요? 당시 민간에서 불리던 노래를 한시로 번역한 것뿐인데, 이 작품에서 고려 시대 지식인들의 현실 인식을

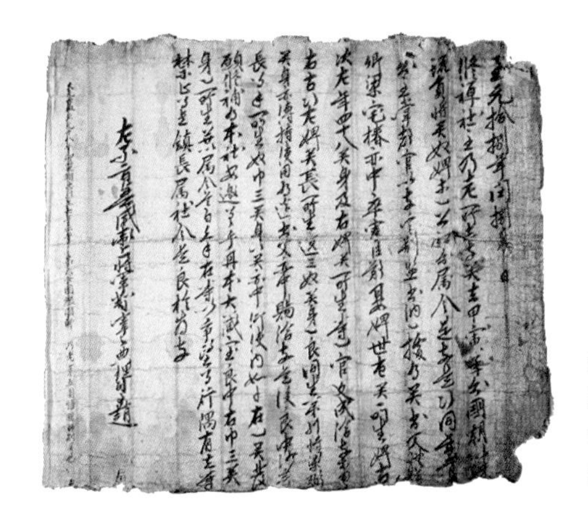

송광사 노비 문서

노비의 상속을 기록한 고려 시대의 문서이다. 이 노비 문서는 고려 후기의 노비 제도 및 경제사를 살피는 데 중요한 자료가 된다.

이끌어 낸다는 것은 지나치지 않을까요?"

이런 물음에 우리는 이런 대답을 들려줄 수 있을 것이다.

"물론 이 시는 이제현이 직접 창작한 시는 아니다. 그러나 그가 굳이 이 민요를 번역한 이유는 무엇일까? 고통받는 농민의 현실에 공감했기 때문이다. 지식인으로서 세상의 모순을 인식했기에 민요를 한시로 번역하면서 자신의 비판 정신을 드러냈던 것이다."

내 그의 입이 되어 노래하리라-〈대농부음〉

고려의 농민들은 힘겨웠다. 애써 농사지어도 땅의 주인인 귀족들에게 이리저리 빼앗기다 보면 입에 풀칠하기도 힘들었다. 무신의 난 등 정치적 혼란과 부정부패 속에서 고달픈 이들은 농민이었다. 고통 속에서 탈출구를 찾기 위해 농민들은 각지에서 항쟁을 일으켰다. 농민들의 봉기는 쉽게 사그라지지 않았다. 2년 동안 지속된 농민 항쟁이 있었고, 산속으로 피신해 저항을 계속하기도 했다. 농민들이 목숨을 걸고 저항했던 이유는 그만큼 삶이 죽음보다 더 고통스러웠기 때문일 것이다. 《역사신문 2》에서는 당시의 상황을 신문의 사설체를 빌려 다음과 같이 분석하고 있다.

> 따지고 보면 오늘의 난국은 하루아침에 조성된 것이 아니고 그 원인 또한 간단하지 않다는 데 문제의 심각성이 있다. 앞서 지적했듯이 고려 사회는 12세기에 접어들어 농업 생산력이 점차 발달하기 시작하였는데, 그 수확의 대부분을 문벌 귀족들이 차지하면서 대토지겸병을 초래하여 사회적으로 지배층과 피지배층 간에 이 잉여의 분배를 둘러싸고 대립하는 국면이 구조적으로 자리 잡게 되었다. 문벌 귀족의 권력 독점도 이런 구조를 항구화하기 위한 정치적 장치에 다름 아닌 것이었는데, 그런 장치 위에서 이들의 갖은 전횡과 수탈이 자행되었던 것이다.
>
> 《역사신문 2》 일부

이런 상황에서 민중의 고통을 생생하게 말할 수 있는 사람은 누구일까? 물론 민중 자신일 것이다. 그들은 온몸으로 저항했고, 아마도 노래를 통해 삶의 애환을 표현했으리라. 그리고 민중의 고통을 외면해서는 안 된다는 양심 있는 지식인들도 민중의 대변자였다. 이규보는 〈대농부음〉이라는 시에서 다음과 같이 노래한다.

밭이랑에 엎드려 비 맞으며 김을 매니	帶雨鋤禾伏畝中
검고 추악한 몰골 어찌 사람의 모습인가.	形容醜黑豈人容
왕손 공자여 나를 업신여기지 마라.	王孫公子休輕侮

부귀 호사가 모두 나로부터 나오느니.	富貴豪奢出自儂
푸른 잎사귀 곡식은 여물지도 않았는데	新穀青青猶在苗
아전 등이 벌써부터 조세 내라고 다그치네.	縣胥官吏已徵租
나라 부강하게 하는 일이 농부 손에 달렸거늘	力耕富國關吾輩
어찌 이리 모질게도 농부들을 침탈하는가.	何苦相侵剝及腐

〈대농부음〉

'농부를 대신하여 읊는다'는 뜻의 제목이 보여 주듯 이 시는 농부를 화자로 하여 농민의 한을 대변하고 있다. 첫째 수에는 농사에 시달리는 농부의 모습이 생생하게 그려 있다. 비 맞으며 김을 매는 농부의 모습은 도저히 사람의 형상이라 볼 수 없을 정도로 추하다. 아마도 농민들은 낡은 옷을 입었고, 그 옷이 땀과 때에 절어 누더기가 되도록 갈아입을 수 없었으리라. 이와 대조적으로 왕족이며 귀족들은 호사스러운 삶을 누렸다. 농민들의 피땀이 있었기에 그 호사가 가능하건만, 그들은 농부를 업신여기기만 하는 것이다.

두 번째 수에서는 권력가들의 수탈을 그리고 있다. 곡식이 여물지도 않았는데 세금을 내라고 다그치는 모진 모습이다. 농부는 "나라를 부강하게 하는 것이 농부의 덕인데 왜 이리 농민들을 괴롭히는가." 하고 항변한다.

농부를 대신하여 읊은 이규보는 농민이 나라를 부강하게 하는 근본임을 자각하고 있다. 농민들이 생산한 생산물로 권력가들이 호사를 누리는 부당한 현실을 비판하고 있는 것이다. 사회의 불평등을 파악하고 그것을 비판하는 올곧은 사회의식이 고려 시대 지식인에게도 살아 있었음을 입증하는 시이다.

이규보는 이외에도 농민시를 많이 지었다. 흉년이 들어 아이를 버린 비인간적인 민중의 삶을 노래하기도 하고, 농부가 피땀 흘려 지어 놓은 곡식을 빼앗고 금은보화를 긁어모으는 권력가들의 행태를 사실적으로 묘사한 시도 썼다. 흉년으로 뼈만 남은 백성의 모습과 백성의 살점을 먹는 권력가를 비판하기도 했다.

이렇게 농민들의 삶에 공감했던 지식인 이규보는 어떤 사람일까? 그는 1168년에 태어나 1241년에 세상을 떠났다. 무신 집권 시대, 농민 항쟁 등을 겪으며 고려의 격동기를 산 사람이다. 그는 여러 번의 낙방 끝에 스물세 살에 과거에 장원 급제했으나, 집권층과 친근하지 않아 관직에 오르지

이규보
고려 시대의 명문장가. 부패하고 무능한 왕실과 방탕한 관리들, 그리고 피폐한 삶으로 인한 민중들의 폭동 등은 이규보의 문제 의식을 각성시킨 계기가 되었다.

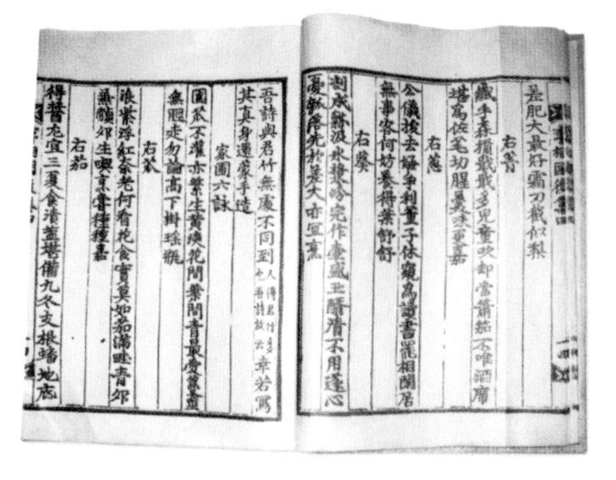

差肥大最好霜刀截似梨
右菁
纖手森攢戟戟多兒童吹却當簫笳不唯酒席
堪爲佐芼切腥羹味更嘉
右葱
公儀拔去婦爭利董子休窺爲讀書罷相閑居
無事客何妨養得葉舒舒
右葵
刳成瓢汲氷漿冷完作壺盛玉醑清不用蓬心
憂瓠落先於養大亦宜烹
吾詩與君竹無處不同到 幸若寫
其真身還家手造
家圃六詠
圓瓜不灌亦繁生黃換花間葉間青最愛蔓盈
無脛走勿論高下掛瑤瓶
右瓜
浪紫浮紅奈老何看花食實莫如茄滿畦青卵
兼紅卵生喫烹嘗種種嘉
右茄
得醬尤宜三夏食清虀堪備九冬支根蟠地底

《동국이상국집》
이규보의 시문집. 〈동명왕편〉을 비롯해 〈국선생전〉과 〈청강사자현부전〉 등 이규보의 뛰어난 문학 작품이 수록된 귀중한 문헌이다.

못하고 천마산에 들어가 스스로를 '백운거사'라 부르며 시를 짓고 가난한 생활을 하기도 했다. 그가 〈동명왕편〉을 쓴 시기는 스물세 살에 개성에 돌아와 궁핍한 생활을 하면서 당시 문란한 정치와 혼란한 사회를 보고 크게 각성했을 때이다. 물론 그 뒤에는 최충헌 정권의 인정을 받아 벼슬길에 나아갔고, 그러다 보니 그의 문학 세계도 한결같지만은 않았을 것이다.

이제현과 이규보 외에도 이곡, 김극기, 이색, 최해 등 숱한 고려의 지식인이 민중의 아픔에 공감했다. 이곡은 〈상율가 橡栗歌〉에서 "요즈음 세도 쓰는 놈들이 우리 농민 논밭을 모조리 빼앗아 산과 내를 표적 삼아 문서를 마련했더니 한 뙈기 논밭에도 주인이 하도 많아 거두어 가고 빼앗아 가고 끝이 없다오."라는 늙은 농민의 한탄을 인용하고 있다.

김극기는 농민 반란이 계속 일어나던 시대에 핍박받던 농민들의 모습을 꾸밈없이 노래한 '농민시'의 개척자로 알려져 있다. 이인로는 김극기의 문집 《김거사집 金居士集》의 서문에서 김극기가 난새나 봉황 같은 인물이었다고 하면서, 벼슬하지 않고 고고하게 지낸 것을 칭찬하기도 했다. 그의 시 중 〈전가사시 田家四時〉 가을 부분에는 농가의 인심과 함께 세금을 낼 걱정에 시름겨운 농민의 모습이 담겨 있다. 어진 정치가 행해지지 못하는 현실을 비판하고 있는 것이다. 이렇게 고려 시대의 지식인들은 민중의 입이 되어 그들의 한과 고통을 노래하였다.

어느새 기러기는 펄펄 날고 쓰르라미도 따라 울어 대고
농부는 시절을 알아 쑥대 베어 비로소 가을을 알리네.
사방 이웃에 차가운 절구 소리 저녁내 그 소리 쉴 줄 모르네.
새벽에 일어나 입쌀로 밥 지으니 솥에는 구수한 김이 오르네.
자줏빛 밤은 붉은 잎에 떨어지고 붉은 비늘 고기를 푸른 물에서 낚는구나.
흰 병에 두견주를 따라 손님을 맞이해 서로 주고받으니
겉모습은 비록 누추하나 마음속의 정은 오히려 은근하다네.
술 먹고 일어나 서로 보낼 때 얼굴빛은 도리어 온갖 시름에 잠기네.
관청의 세금 독촉이 성화같아 집안 식구 모아 미리 의논하는데
진실로 세금은 바쳐야 하는 것이니 어찌 개인 집에 남겨 두겠는가.
어느 때 탁무 노공 같은 이(탁무와 노공, 옛날 중국의 어진 원님)를 만나 한번
맨 먼저 바쳐 볼까.

〈전가사시〉 가을 부분

올바른 사회의식은 민족의 자각으로 이어져

"장안의 세력 있는 집에는 구슬과 패물이 산더미처럼 쌓여 있고, 절구로 찧어 낸 구슬 같은 낟알 말이나 개에게도 먹이고 기름처럼 맑은 청주를 종들도 마음껏 먹는다네. 이 모두 농부에게서 나온 것이요, 본래부터 가졌던

것 아니로다."라고 노래한 이규보. 그는 확실히 부조리한 현실의 문제점을 짚어 내고 적절하게 비판했던 양심적인 지식인이었다. 현실을 바라보는 그의 통찰력은 민족의식의 자각으로 이어진다. 고려 사회의 부조리함은 사회적 불평등뿐 아니라 민족의 자주성 박탈에도 있었기 때문이다.

이규보는 우리 문학사상 처음으로 민족의식을 자각한 문학자라 할 수 있다. 그의 시문집인 《동국이상국집》에 실린 〈동명왕편〉은 동명왕의 삶을 영웅의 일생에 맞게 노래한 영웅 서사시이다. 우리 문학 최초의 건국 서사시인 셈이다.

그 내용을 간략히 살펴보자.

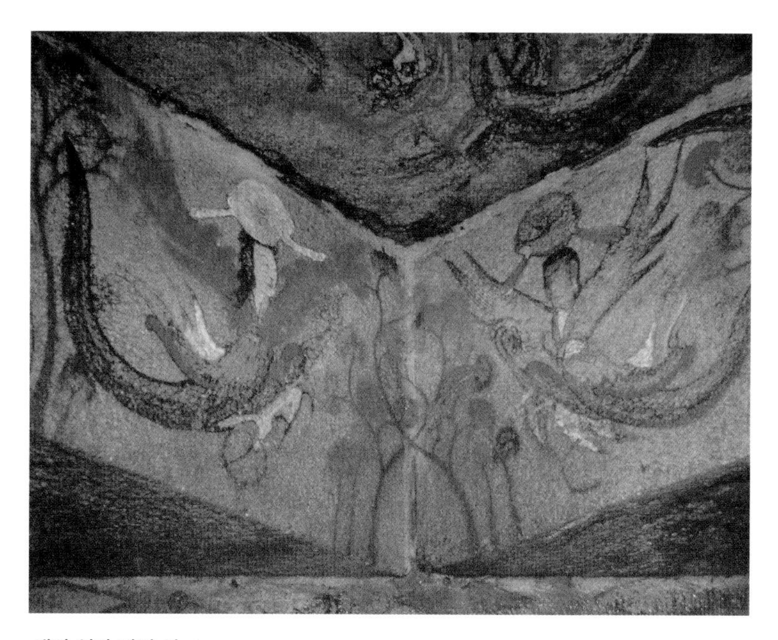

해의 신과 달의 신

중국 지린성 지안현에 있는 오회분 4호묘에 그려진 고구려 벽화의 일부이다. 6세기에 만들어진 이 고분에는 도교의 신선 사상을 보여 주는 다양한 형상의 신이 그려져 있다. 고구려를 세운 주몽의 아버지 해모수는 해의 신, 어머니 유화는 달의 신으로 여겨졌다.

주몽의 아버지 해모수는 하늘의 아들이었다. 그는 강에서 놀고 있는 하백의 딸 유화와 인연을 맺고 하늘로 돌아갔다. 이 일로 쫓겨난 유화는 금와왕에게 구출되었는데, 해를 품고 임신하여 알을 낳는다. 왕은 알이 상서롭지 못하다고 하여 마구간 속에 두었으나 말들이 밟지 않고, 깊은 산에 버렸더니 온갖 짐승이 보호해 주었다. 이렇게 해서 태어난 주몽은 한 달이 되면서부터 말을 했고, 화살을 쏘면 빗나가는 법이 없었다. 부여 왕의 태자들이 주몽을 시기했고, 왕은 주몽을 시험하기 위해 말을 기르게 했다. 주몽은 꾀를 내어 빼어난 말의 혀에 바늘을 꽂아 여위게 하여 그 말을 얻었다. 주몽은 세 명의 벗과 함께 길을 떠나 남쪽으로 향하는데 추격병들에게 쫓기었다. 그는 물고기와 자라들이 만든 다리를 건너 무사히 강을 건넜다. 그는 유화가 비둘기를 통해 보낸 보리씨를 받고 남쪽 좋은 자리에 도읍을 정하고 왕이 되었다. 그는 비류국 왕과 활쏘기 시합에서 이겨 영토를 빼앗고 궁궐을 크게 짓는다. 나중에 부여에서 온 아들 유리와 두 조각의 칼을 하나로 맞춰 본 뒤 유리를 태자로 삼는다.

〈동명왕편〉 줄거리

〈동명왕편〉은 이후 고전 소설에 등장하는 영웅 서사 구조의 전형적 모습을 담고 있는 작품이다. 영웅의 신이한 탄생, 시련을 겪는 어린 시절, 비범한 능력, 적대자와의 대결, 위기 극복과 위업 성취 등의 과정을 따르는 영웅 서사 구조이다. 이 작품은 서장, 본장, 종장의 3부로 구성되어 있다. 서장에서는 동명왕의 탄생 이전, 본장에서는 동명왕의 출생과 건국 과정, 종장에서는 유리왕의 자취와 작가의 소감을 밝히고 있다.

작품 속 소재들에서도 상징적인 의미를 발견할 수 있다. 유화가 해를 품고 주몽을 잉태하는 데서 해가 하늘의 상징임을 인식할 수 있다. 많은 신화에서처럼 주몽이 알에서 태어난다는 것 역시 전하는 바가 크다. 알은 하나의 세계이며, 알을 깨고 태어난 주몽은 새로운 질서를 창조하는 존재이다. 주몽이 활쏘기의 명수였다는 데서 활이 제왕과 풍요, 생명력 등을 상징한다는 것을 알 수 있다.

작품의 구조와 내용, 소재 곳곳에서 우리 민족의 신성성을 드러내며, 우리 민족이 우월한 존재이고 오랜 전통을 지닌 민족임을 강조한다. 결국 〈동명왕편〉은 민족의 자주성을 드러내고자 한 이규보의 역사 인식이 오롯이 담긴 작품이라 하겠다. 서문에서 이규보는 창작 동기에 대해 이렇게 말하고 있다.

세상에서 동명왕의 신통하고 이상한 일을 많이 말한다. 비록 어리석은 남녀들까지도 흔히 그 일을 말한다. 내가 일찍이 그 얘기를 듣고 웃으며 말하기를, "공자께서는 괴력난신(怪力亂神, 괴이한 힘을 가진 귀신이라는 뜻으로 이성적으로 설명하기 힘든 존재)을 말씀하지 않았다. 동명왕의 일은 실로 황당하고 기괴하여 우리가 얘기할 것이 못 된다." 하였다.

뒤에 《위서》와 《통전》을 읽어 보니 역시 그 일을 실었으나 간략하고 자세하지 못하였으니, 국내의 것은 자세히 하고 외국의 것은 소략히 하려는 뜻인지도 모른다. 지난 계축년 4월에 《구삼국사 舊三國史》를 얻어 〈동명왕본기〉를 보니 그 신비롭고 이상한 사적이 세상에서 얘기하는 것보다 더했다. 그러나 처음에는 믿지 못하고 귀(鬼)나 환(幻)으로만 생각하였는데, 세 번 반복하여 읽어서 점점 그 근원에 들어가니 환(幻)이 아니고 성(聖)이며, 귀(鬼)가 아니고 신(神)이었다. 하물며 국사는 사실 그대로 쓴 글이니 어찌 허탄한 것을 전하였으랴. 김부식이 국사를 다시 편찬할 때 자못 그 일을 생략하였으니, 공이 국사는 세상을 바로잡는 글이니 크게 이상한 일은 후세에 보일 것이 아니라고 생각하여 생략한 것이 아닌가?

〈당현종본기 唐玄宗本紀〉와 〈양귀비전 楊貴妃傳〉에는 방사(方士)가 하늘에 오르고 땅에 들어갔다는 일이 없는데, 오직 시인 백낙천이 그 일이 인멸될 것을 두려워하여 노래를 지어 기록하였다. 그 일은 실로 황당하고 음란하고 기괴하고 허탄한 일인데도 오히려 읊어서 후세에 보였거든, 더구나 동명왕의 일은 여러 사람의 눈을 현혹한 것이 아니고 실로 나라를 창시한 신기한 사적이니, 이를 기술하지 않으면 후인들이 장차 어떻게 볼 것인가? 그러므로 시를 지어 기록하여 우리나라가 본래 성인의 나라임을 천하에 알리고자 하는 것이다.

〈동명왕편〉 서문

천 년 가까운 세월 이전에 이렇게 확고한 민족의식을 담아낸 작품이 있었다니 놀라울 뿐이다. 참으로 허황한 이야기라 여겼으나 성인의 이야기이며, 귀신의 이야기가 아니라 신의 이야기라는 것이다. 우리나라가 본래 성인의 나라임을 천하에 알리고자 한다는 드높은 민족정신이 서문의 마지막을 장식하고 있다. 우리 민족사를 중국의 주변국으로 바라보던 시각이 자주적인 시각으로 바뀌었음을 알려 주는 신호탄인 셈이다.

고려 시대 지식인들의 한시 작품들을 통해 우리는 사회 현실과 역사를 바라보는 지식인의 자세가 어떠해야 할지 생각해 보게 된다. 세상을 바라볼 때 두 축이 모두 갖춰져야 한다는 생각도 해 본다. 한 축은 당대 현실을 제대로 바라보는 안목이다. 이제현이 〈사리화〉를 통해 민중의 목소리에

귀 기울였듯이, 여러 선비가 농민시를 통해 민중의 고통을 자기 것으로 여기며 비판의 목소리를 높였듯이, 내가 사는 사회를 두루 바라볼 줄 알아야 한다. 이것이 가로축이라면 또 다른 세로축은 주체적인 시각으로 전통과 역사의 의미를 파악하는 안목이다. 사회 인식과 역사 인식이라는 두 축이 제대로 만날 때 올바른 지향점을 찾을 수 있다.

물론 고려 시대 지식인들이 이뤄 낸 문학 작품이며 삶의 자취가 완벽하지는 않을 것이다. 지식인은 자신의 모든 것을 던져 항거하지 못할 때가 많다. 글이나 말을 통해 표현하는 데는 분명히 한계가 있을 것이다. 그럼에도 고려 시대 지식인들이 남긴 몇몇 작품을 통해 오늘을 사는 우리는 위안을 받는다. 그렇게 세상을 바라보는 눈이 있었구나, 함께하려는 노력과 옳지 못한 것을 비판하려는 노력이 우리 역사에도 있었구나 하는 안도감과 자긍심을 느낄 수 있다.

생각의 갈피를 찾는 물음

1 지식인이 역사와 사회 현실에 관심을 가져야 하는 까닭을 생각해 보자.

2 고려 시대의 지식인들은 어떤 문학적 형상화를 통해 자신들의 사회적 관심사를 표현했는가?

그들만의 세상 vs 끓어오르는 정감

사대부의 양면적 자기표현, 경기체가와 시조
–〈한림별곡〉, 우탁 · 이조년 · 정몽주의 시조

가슴은 왜 이렇게 타지 않는가

'가슴은 왜 이렇게 타지 않는가'라는 제목의 수필이 있다. 석지현 스님이 쓴 이 수필은 글쓴이가 네팔에서 화장(시신을 불에 살라 지내는 장례) 치르는 것을 보았던 체험을 바탕으로 하고 있다.

글쓴이는 우연히 한 젊은이의 장례를 보게 되었다. 장례의 행렬을 따라 화장장에 간 그는 한 사람의 일생이 타들어 가는 것을 보았다. 팔다리가 타고, 머리가 타고, 몸통이 타고……. 그런데 살덩이 하나가 깊은 밤까지 태워도 태워도 잘 타지 않았다. 글쓴이는 그것이 무어냐고 한 노인에게 물었다. 노인은 심장이라고 대답했다. 그 순간 글쓴이는 자신이 그토록 찾아 헤매던 것이 무엇인지 답을 얻는다. 자신은 심장을 찾아 헤매었노라고. 가슴이 원하는 길을 틀린 거라고, 머리로 따지고 판단하는 것이 옳은 길이라고 배워 왔던 자신의 지난날들을 부정하면서.

지나친 비약일까? 오랫동안 타지 않는 심장에 대해 이야기하면서 마음의 울림이 없는 노래, 머리로 만들어 낸 시들은 생명력이 없다고 단정하는 것은. 그리고 그 자리에 '경기체가'라는 문학 장르를 대입해 보는 것은.

우리 문학사에 그 이름을 남기고 몇 작품을 남겼지만, 경기체가는 문학이 우리에게 주는 찡하는 울림은 없다. 글쓴이들은 자신의 지식과 견문을 다 발휘하여 작품을 썼으나, 감탄 이상의 그 무엇은 없다. 경기체가의 작가들, 그들의 가슴은 시 속에서 왜 그렇게 타오르지 않았던가!

"나 어때?" 하고 의기양양 묻는 듯한 경기체가

고려 시대부터 조선 시대에 이르기까지 사대부들이 우리말로 창작한 시가 양식은 경기체가와 시조이다. (가사 작품도 고려 시대에 나옹 화상의 〈서왕가〉에서 그 모습을 드러냈다고 하지만, 작품이 전하지 않고 조선 시대에 활발하게 창작된 문학이므로 뒤에서 다루도록 하자.) 사대부들이 부르기 시작하여 하나의 장르로 정착된 경기체가와 시조는 그 표현 양식과 다루는 내용이 다르다.

시조는 사대부들에서 시작했으나 기생, 평민 등으로 작자층을 확대시켜 갔고 형식도 변모 과정을 겪는다. 하지만 경기체가는 처음부터 줄곧 사대부들의 전유물이었고, 그 내용의 폭도 좁았다. 그렇게 하여 경기체가는 그 생명이 길지 못했다. 고인 물은 썩거나 증발되고, 흐르는 물은 생명력을 지녀 오래오래 흐르는 것과 같은 이치일 것이다.

경기체가는 13세기 초 〈한림별곡〉에서 시작하여 조선 시대까지 이어진 문학 형식이다. '경기체가'라는 명칭은 '경(景) 긔 엇더하니잇고' 혹은 '경기하여'라는 구절이 반복되어 붙여졌다. 작품마다 '○○별곡'이라는 제목이 붙어 있어 '별곡체'라 부르기도 하지만 거의 사용하지 않는 명칭이다.

최초의 작품이라 여겨지는 〈한림별곡〉을 통해 경기체가의 성격과 의미를 생각해 보기로 하자. 〈한림별곡〉은 고려 고종 때 여러 선비가 지은 작품으로 《악장가사》에 기록되어 전한다. 모두 8연으로 된 일종의 연작시라 할 수 있는데, 그중 1연을 읽어 보자.

> 유원순의 문장, 이인로의 시, 이공로의 사륙변려문
> 이규보와 진화의 쌍운주필
> 유충기의 대책문, 민광균의 경서 풀이, 김양경의 시와 부
> 아, 과시장(科試場)의 모습 그 어떠합니까.
> (엽) 금의(琴儀)의 죽순처럼 많은 제자, 금의의 죽순처럼 많은 제자
> 아, 나까지 모두 몇 분입니까.

〈한림별곡〉 1연

과거 시험장의 모습을 표현한 시인가? 과거 시험장에 모인, 그 당시의 글깨나 한다는 사람의 이름은 다 들고 있는가 보다. 문장이 뛰어난 사람은 유원순이었나 보다. 이인로는 시에서 빼어난 재주를 보였고, 이공로는 사륙변려문이라는 한문 문체를 잘 썼으며, 이규보와 진화는 쌍운으로 운을 맞추어 빨리 내리 써서 짓는 시에 능통했다는 뜻이겠지. 유충기는 어떤 주제에 대한 글이라 할 대책문을 잘 썼고, 민광균은 경서 풀이에 일가견이 있고, 김양경은 시와 부에 빼어난 재주를 보인 사람인가 보다. 지금으로 말하면 시험 과목마다 으뜸가는 재주를 지닌 사람들이 모인 과거 시험장의 모습이라고 할 수 있다.

운율이 있고 짧으며 행과 연이 구분되어 있으니 시라고 볼 수밖에 없는

▲ **홍패**
과거에 합격한 사람에게 주는 합격증이다.

▼ **관리의 옷차림**
머리에는 복두라는 모자를 쓰고 허리에 과대를 두르고 가죽신을 신었다. 허리띠인 과대는 벼슬의 높낮이에 따라 금이나 옥으로 만들었다.

데, 그렇다면 어떤 정서를 담으려고 했을까? 우리나라 시가에서 자주 볼 수 있는 비애의 정서는 물론 아니다. 기쁨도 아니다. 반가움의 정서도 아니고, 감탄하며 찬양하는 것도 아니다. 굳이 말하자면 '득의양양(得意揚揚)'이다. 글 속의 화자는 "어때? 우리 모습이 대단하지? 이렇게 글 잘하고 재주 많은 사람들이 과거 시험장에 모여 있잖아? 이 사람들이 다 금의 학사 밑에서 글공부하던 이들이야. 이들이 바로 신흥 사대부라고." 하며 뽐내는 듯하다.

신흥 사대부! 새로 일어난 선비 계급이라 풀어 볼 수 있을 것이다. 1170년 무신의 난이 일어나고 무신들이 집권하게 되자, 대부분의 문신은 관직을 떠나 은둔하며 살았다. 일부 문신들은 집권층의 문하를 드나들며 관직에 나가는 등 자신들이 설 곳을 다졌는데, 이들이 신흥 사대부 계층을 형성하였다. 시가에 나오는 금의는 무신 정권기에 여러 차례 시험관을 지내며 힘을 키웠다. 금의의 죽순같이 많은 제자의 모습이 어떠하냐는 구절에서 이 시가 그의 제자들이 지은 것이 아닌가 추측해 보기도 한다.

이 시를 지은 사대부들은 문신들이 상대적으로 위축되고 학식이나 경륜을 펼칠 기회가 없던 가운데 관직의 길을 뚫고 학문적 역량을 정치계에 펼칠 수 있게 되었으니 내심 득의만만했으리라. 경기체가는 이들 신흥 사대부들이 자신들의 득의에 찬 삶과 향락적인 여흥을 위하여 만든 시가이다.

〈한림별곡〉의 1연이 이름을 들먹이며 재주를 자랑하고 있다면, 2연은 1연과 같은 구조와 운율로 책을 열거하고 있다. 당나라의 책, 한나라의 책, 《노자》, 《장자》 등을 두루 읊으면서 그들은 무엇을 말하려 하는 것일까? "어때 우리는 이런 책들도 알고 있어. 이런 책들을 읽었다고. 대단하지 않아?" 하고 말하는 것 같다. 역시 자신감과 자긍심의 나열인 셈이다. 3연도 이런 맥락에서 다양한 글씨체를 열거한다. 4연부터는 학문적 자부심보다 자신들의 여흥을 드러낸다. 4연은 술, 5연은 꽃, 6연은 노래와 당대의 명기(名妓, 유명한 기생), 7연은 경승지와 누각, 8연은 남녀가 그네 타는 모습 등을 담았다.

> 당당당 당추자(호도나무), 조협(쥐엄나무)
>
> 붉은 실로 붉은 그네를 매옵니다.
>
> 당기거라 밀거라, 정소년아!
>
> 아, 내가 가는 그곳에 남이 갈까 두렵구나.
>
> (엽) 옥을 깎은 듯 부드러운 두 손길에, 옥을 깎은 듯 부드러운 두 손길에
>
> 아, 손잡고 노니는 모습 그 어떠합니까.
>
> 〈한림별곡〉 8연

8연은 앞의 연들에 비해 문학적 향기가 난다. 한자어를 죽 나열하는 데 그치지 않고, 그네 타는 정경이며 연인들의 은밀한 만남을 감각적으로 묘사하고 있다. 과거 시험장에서 재주를 겨루는 신흥 사대부들의 모습을 나열하는 것에서 시작하여 쾌락을 즐기는 모습까지 그려 냈다. 어쩌면 처음에는 점잖게 학문적 역량을 과시하며 돌림 노래 부르듯 한 연 한 연 돌아가며 시를 짓던 사대부들이 술과 풍류에 젖어들면서 8연을 부를 때쯤엔 실제로 그 내용처럼 즐기고 놀았는지도 모른다.

〈한림별곡〉 1연부터 8연까지의 시상 전개를 보면 그런 추측이 가능하지 않을까. 〈한림별곡〉을 읽으며 "우리 대단하지? 우리 이렇게 많이 알아. 우리 이렇게 풍류를 즐겨. 이렇게 노는 것 어때?" 하고 말하는 듯한 화자의 목소리 말고 우리가 찾을 수 있는 것은 무엇일까? 간혹 보이는 우리말의 아름다움? 독특한 경기체가의 운율? 절묘한 시어의 나열? 그리고 그들만의 세상?

'그들만의 세상'은 생명이 짧은 법

그들만의 세상은 곧 공감대가 넓지 못하다는 것이다. 〈한림별곡〉은 몇몇 사대부만이 공감할 수 있는 작품이었던 셈이다. 경기체가는 이후 조선 중기까지 그 명맥을 이었다. 작자층 역시 사대부로 그들이 공감하는 자연 경치나 풍류, 권력자(임금)에 대한 칭송 등의 내용에 한정되었다. 남아 있는 작품들을 살펴보자.

고려 충숙왕 때 안축이 쓴 〈관동별곡〉은 관동 지방의 빼어난 경치를 노래하였다. 모두 9장으로 되어 있으며, '경기하여(景幾何如)'라는 구절이 반복되고 있다. 글쓴이는 관동팔경의 풍치를 찬양하며, 자연 속에서 노니는 즐거움을 담아내고 있다. 같은 작가의 작품으로 풍기 땅 죽계의 경치를 노래한 〈죽계별곡〉이 있다.

조선 때의 경기체가로는 조선 문물 제도의 왕성함을 칭송한 권근의 〈상대별곡〉, 조선 건국을 칭송한 〈화산별곡〉, 전원의 아름다움과 임금의 은혜를 칭송한 정극인의 〈불우헌곡〉 등이 있다.

이들 경기체가 작품은 대부분 여러 연이 한 작품을 이루는 연장체 형식이며, 1행부터 3행까지는 각각 3음보이고, 4행은 '위 경기 어떠하니잇고'가 대부분 들어가며, 5행은 4음보인 것이 원칙이다.

탄식에서 출발한 고시조

시조의 출발은 경기체가와 사뭇 달랐다. 거기에는 '심장'이 있었으니까. 사람이나 사물의 나열, 솟아오르는 정감과는 거리가 먼 자긍심이나 찬탄이 경기체가의 특성이라면, 시조는 탄식, 애상, 절의 등 끓어오르는 인간의 감정에서 출발한 것으로 보인다.

시조라는 문학 형식이 언제 갖춰졌는지 분명하지는 않다. 세 줄이며 각 줄이 4음보로 된 시가 형태는 향가와 백제 노래인 〈정읍사〉, 그리고 고려 가요 등에서도 찾아볼 수 있다. 시조는 우리 전통 시가의 흐름 속에서 형성되어 고려 중엽쯤 그 틀이 형성되고 고려 말에 널리 창작되었던 장르임은 분명하다.

시조라는 명칭은 시조가 발생하고 훨씬 뒤에 생겨났다. '시절가조(時節歌調)'를 줄인 말로, 조선 영조대의 유명한 가객인 이세춘(李世春)이 만들었다. 그 시절에 유행하는 노래 곡조라는 뜻이다.

시조의 형식은 3장 6구 45자 안팎의 평시조가 기본 형식이다. 초기의 시조는 이 기본 형식에서 벗어나지 않았다. 남아 있는 시조 중 가장 오래된 작품으로 여겨지는 것은 고려 원종부터 충혜왕 시기에 살았던 우탁의 시조 두 편이다.

춘산(春山)에 눈 녹인 바람 건듯 불고 간데없다.
잠깐 빌려다가 머리 위에 불리고저
귀밑에 해묵은 서리를 녹여 볼까 하노라.

〈춘산에 눈 녹인 바람〉

한 손에 막대 잡고 또 한 손에 가시 쥐고
늙는 길 가시로 막고 오는 백발(白髮) 막대로 치렸더니
백발이 제 먼저 알고 지름길로 오더라.

〈한 손에 막대 잡고〉

첫 번째 시조는 자신의 귀밑에 허옇게 돋아난 흰머리를 서리에 비유하면서 산에 있는 눈을 녹인 봄바람을 빌려 머리 위에서 불게 하여 그 서리를 녹여 보고 싶다고 표현한다. 그러나 그 바람은 아쉽게도 가볍게 슬쩍 불고는 사라졌다. 봄바람이 짧듯 우리의 젊음도 짧아 한때 찬란하다가 금방 사라진다는 의미까지도 품고 있는 듯하다.

두 번째 시조 역시 늙음을 한탄한다. 막대와 가시를 쥐고 늙음을 가시로 막고 다가오는 백발을 막대로 치려 했더니, 백발이 먼저 알고 지름길로 왔

다고 노래한다. 늙어 간다는 것은 눈에 보이지 않는 추상적인 시간의 흐름인데, 그것을 흰머리가 생기는 것을 의인화하여 구체적으로 표현한 점이 새롭다.

세월의 흐름과 늙어 감이란 인간이 피할 수 없는 안타까운 일이고, 그런 인생사의 이치를 바라보며 우리는 인생무상을 느낀다. 서글프면서 동시에 어쩔 수 없는 일이기에 받아들이는 달관의 자세가 시조 두 편에 녹아 있다. 시조라는 문학의 출발은 이런 비애감에서 시작한다.

이조년의 시조는 슬프도록 아름다운 봄밤의 정취를 그려 냈다.

이화에 월백하고 은한이 삼경인 제
일지춘심을 자규야 알랴마는
다정도 병인 양하여 잠 못 들어 하노라.

〈이화에 월백하고〉

배꽃이 흐드러지게 피어 있는데 달이 하얗게 비친다. 깊은 밤하늘에 쏟아질 듯한 은하수의 별들. 나뭇가지에 봄이 어려 있고, 소쩍새는 울고 있다. 흰 빛깔의 배꽃과 달과 은하수가 깜깜한 밤 공간 속에서 아름답게 빛나고 있다. 흑과 백, 밝음과 어둠의 조화이다. 이런 봄날 시인은 한밤중에도 잠을 못 이루고 있다. 무엇이 그의 잠을 앗아갔는가? 정한(情恨)이다. 마음에 사무치는 그리움일 수 있고, 슬픔일 수도 있고, 감동일 수도 있다. 그 잠 못 드는 마음이 이렇게 세 줄 시조에 담겨 있다.

곧은 절개로 자리 잡으며

고려 말의 시조는 하나같이 자기의 마음속에 담긴 심정의 토로였다. 늙음을 탄식하고 자신 속의 정감을 표현했다. 그리고 간신의 무리에게 휘둘리는 임금을 걱정하는가 하면(이존오의 시조), 몰락하는 고려 왕조에 대한 안타까움을 담아내기도 했다(이색의 시조). 이렇게 시조는 사대부의 끓어오르는 심정을 표현하면서 자신의 자리를 확실하게 잡아간 것이다.

고려 말 시조의 완성을 이야기하며 우리가 흔히 인용하는 시조는 이방원의 〈하여가 何如歌〉와 정몽주의 〈단심가 丹心歌〉이다.

이런들 어떠하리 저러한들 어떠하리.
만수산 드렁칡이 얽어진들 그 어떠하리.
우리도 이같이 얽어져서 백 년까지 누리리라.

〈하여가〉

이 몸이 죽고 죽어 일백 번 고쳐 죽어
백골이 진토되어 넋이라도 있고 없고
임 향한 일편단심이야 가실 줄이 있으랴.

〈단심가〉

앞의 이방원 시조는 〈한림별곡〉의 화자들이 "이거 어때?" 하며 의기양양해하는 것과 닮았다. 한 걸음 더 나아가 "이거 어때? 같이 하자고." 하고 말하는 듯한 회유가 담겨 있다. 자신의 의도를 직설적으로 담아내지 않고 칡덩굴에 비유하여 넌지시 찔러 본다. 그러나 그의 시도는 보기 좋게 거절당한다. 정몽주는 이후 사대부들이 시조를 포함한 여러 문학 작품 속에서 줄곧 추구하게 될 절의의 표본을 보여 준다. 백 번을 죽더라도, 죽어서 백골이 먼지가 되더라도 자신의 절개를 꺾을 수는 없다는 것이다. 반복과 점층을 통해 고조되는 화자의 결심은 종장에서 분명하게 드러난다.

늙음에 대한 탄식, 봄밤의 애상적인 정한, 정치 현실에 대한 안타까움, 지조를 지키려는 굳은 결심 등 현실과 상황 속에서 솟아나는 사대부들의 심정은 이렇게 시조라는 장르를 통해 구현되었다. 이 같은 다양성은 이후 시조가 사대부들만의 문학에 그치지 않고, 충성과 절의라는 유교적 덕목에만 머무르지 않고 변화의 길을 걷게 하는 밑바탕이 된다.

조선 전기를 지나며 시조의 작자층은 기녀, 평민 등으로 확대되어 갔고, 자유로운 인간의 정감을 노래하고 현실 비판에 이르기까지 그 지평을 넓혔다. 그뿐이 아니다. 3장 6구 45자 안팎의 기본형 평시조는 여러 연의 연시조로, 엇시조로, 사설시조로 변모했다. 현대에도 시조는 구별로 늘어놓는 방식, 초장과 중장 두 장의 시조 등 다양한 시도를 거치면서 맥을 이어가고 있다.

생각의 갈피를 찾는 물음

1 '경기체가'라는 문학 형식의 생명이 짧았던 것과 '시조'라는 문학 형식의 생명력이 길게 지속된 데 대해 자신의 생각을 정리해 보자.

2 경기체가가 문학사적 의미를 지닌다면 어떤 점에서 그러할까?

시조

구름이 무심탄 말이 아마도 허랑(虛浪)ᄒᆞ다
중천(中天)에 떠 있어 임의(任意)로 다니면셔
구태여 광명한 햇빛을 덮어 무엇하리오.

고려 공민왕 때 이존오가 권력을 잡은 신돈의 무리를 구름에, 임금의 총명함을 '날빛(밝은 햇빛)'에 비유한 시조로 자연 현상에 빗대어 안타까운 충정을 드러냈다.

백설이 잦아진 골에 구름이 험하구나.
반가운 매화는 어느 곳에 피었는고.
석양에 홀로 서서 갈 곳 몰라 하노라.

고려 말 충신 이색은 이성계에게 끝내 협력하지 않아 여러 곳에 유배당하기도 했다. 이미 기울어져 가는 고려 왕조를 보며 고뇌하는 시인의 모습이 눈에 보이는 듯하다.

| 찾아보기 |

청소년을 위한 이야기 한국 문학사 1

1판 1쇄 발행일 2012년 5월 14일
1판 3쇄 발행일 2020년 8월 24일

지은이 강혜원 계득성

발행인 김학원
발행처 (주)휴머니스트 출판그룹
출판등록 제313-2007-000007호(2007년 1월 5일)
주소 (03991) 서울시 마포구 동교로23길 76(연남동)
전화 02-335-4422 **팩스** 02-334-3427
저자·독자 서비스 humanist@humanistbooks.com
홈페이지 www.humanistbooks.com
유튜브 youtube.com/user/humanistma **포스트** post.naver.com/hmcv
페이스북 facebook.com/hmcv2001 **인스타그램** @human_kids

편집 정미영 정은미 **디자인** 김태형 유주현 **일러스트레이션** 이지은
용지 화인페이퍼 **인쇄** 청아디앤피 **제본** 정민문화사

ISBN 978-89-5862-490-5 44810
ISBN 978-89-5862-493-6 (세트)